www.ingramcontent.com/pod-product-compliance
Lightning Source LLC
LaVergne TN
LVHW010100061026
849532LV00005BA/1864
9789358727449

اُلفت، دہشت اور سیاست

(طویل مختصر افسانہ)

مصنف:

ڈاکٹر سلیم خان

Ulfat Dahshat aur Siasat (Short Story)

by: Dr. Saleem Khan

Edition: December '2023

Publisher :

Taemeer Publications LLC (Michigan, USA / Hyderabad, India)

ISBN 978-93-5872-744-9

9 789358 727449

کتاب	:	**الفت دہشت اور سیاست** (طویل مختصر افسانہ)
مصنف	:	**ڈاکٹر سلیم خان**
پروف ریڈنگ / تدوین	:	اعجاز عبید
صنف	:	فکشن
ناشر	:	تعمیر پبلی کیشنز (حیدرآباد، انڈیا)
سالِ اشاعت	:	۲۰۲۳ء
صفحات	:	۴۴
سرورق ڈیزائن	:	تعمیر ویب ڈیزائن

شرجیل کے گھوڑے کی ٹاپ سے سارا جنگل گونج رہا تھا۔ بدحواس ہرن بے تحاشہ بھاگ رہا تھا اور اس کے پیچھے شرجیل دیوانہ وار دوڑ رہا تھا۔ ایسا پہلے کبھی بھی نہیں ہوا تھا کہ تیر شرجیل کی کمان سے نکلا اور نشانہ چوک گیا ہو وہ اپنی اس ناکامی سے بوکھلا سا گیا تھا اور ہر صورت میں ہرن کو اپنے قابو میں کر لینا چاہتا تھا۔ ہرن تیزی سے گھنے جنگل میں داخل ہو گیا۔ شام کے سائے لمبے ہونے لگے۔ شرجیل کی مشکلیں بڑھنے لگیں لیکن لفظ شکست کا شرجیل کی لغت میں کوئی وجود نہ تھا وہ جس چیز کا ارادہ کرتا اسے ہر صورت حاصل کر لینے کا قائل تھا۔ ناکامی کے احساس نے اسے پاگل کر دیا۔ اس دیوانگی میں اس نے اچانک دیکھا کہ وہ ایک گہری کھائی کے دہانے پر پہنچ چکا ہے۔ اس سے پہلے کہ وہ اپنے گھوڑے کو قابو میں کرتا گھوڑا پھسل گیا اور شرجیل ایک بے جان پتھر کی طرح نشیب کی جانب لڑھکنے لگا۔

جب شرجیل کو ہوش آیا تو اس نے اپنے آپ کو ایک جھیل کے کنارے پڑا پایا۔ شیبا اس کے منہ پر پانی چھڑک کر اسے ہوش میں لانے کی کوشش کر رہی تھی۔ پانی پینے کے بعد جب زخموں سے چور شرجیل نے گرد و پیش کا جائزہ لیا تو دیکھا کہ وہ ایک نہایت پُر فضا مقام پر پڑا ہے۔ شیبا اس کے ہوش میں آتے ہی حکیم جی کو بلانے دوڑ پڑی اور چند منٹوں میں حکیم کے ساتھ لوٹ آئی۔ پہلے شرجیل کے زخموں کو دھویا گیا پھر اس کی مرہم پٹی کی

گئی اور اس کے بعد ایک گدھے پر ڈال کر اسے گاؤں میں لے آیا گیا۔ چونکہ شیبا نے سب سے پہلے اسے دیکھا تھا اس لیے قبائلی روایات کے مطابق وہ شیبا کا مہمان ٹھہرا۔ شیبا اپنی جھونپڑی میں بوڑھے باپ کے ساتھ رہتی تھی۔ اس کا عم زاد بھائی سعد قبیلہ کا سردار تھا۔ اس کی سگائی سردار کے چھوٹے بھائی سعید سے ہو چکی تھی اور اگلی بہار میں نکاح کی تیاریاں چل رہی تھیں۔

ایک ہفتہ کی دیکھ ریکھ کے بعد شرجیل صحت مند ہو گیا۔ وادی فردوس کی ہر چیز نے اس کی صحتمندی میں اپنا تعاون پیش کیا۔ یہاں کی ہوا، فضا، یہاں کے خوش خلق اور شفیق لوگ۔ حکیم صاحب کے کارگر نسخہ اور شیبا کی تیمار داری۔ اب جب کہ شرجیل چلنے پھرنے لگا تھا اسے لوٹ کر جانا تھا۔ شام میں قبائلی سردار نے اپنی جانب سے اس کی دعوت کا خاص اہتمام کیا تھا۔ اس لیے کہ فردوسی اور قحطانی قبیلوں کے درمیان بہت پرانے مراسم تھے۔ دراصل کسی زمانے میں یہ دونوں قبائل مرزوقی کہلاتے تھے اور قحطان ندی کے کنارے میدانی علاقے میں آباد تھے۔ یہ ایک نہایت زرخیز علاقہ تھا۔ زراعت ان کا پیشہ تھا۔ مویشیوں کی ان کے پاس کثرت تھی اپنے علاوہ آس پاس کے علاقوں کے لیے اناج بھی یہیں سے جاتا تھا۔ قدرتی وسائل نے ان لوگوں کو خوش حال بنا دیا تھا۔ خوش حالی کے ساتھ کبر و غرور، عیش کوشی اور دوسری اخلاقی خرابیاں رفتہ رفتہ ان کے معاشرے میں پنپنے لگی تھیں۔ بڑے بوڑھے سمجھاتے لیکن نوجوان اسے گزری زمانے کی بارش کہہ کر اَن سُنی کر دیتے اور موج مستی میں لگے رہتے۔ بارش ویسے ہر دو تین سال میں ایک بار ہوتی لیکن قحطان ندی سے ان کا کام چلتا رہتا تھا۔

ایک بار ایسا ہوا بارش مسلسل پانچ سال تک نہ ہوئی۔ ندی کا پانی تو چوتھے سال ہی کم ہو گیا تھا۔ پانچواں سال آتے آتے یہ ندی ایک بڑے سے میدان میں نالا بن گئی تھی۔

اناج کے گودام بھی خالی ہونے لگے۔ مویشیوں کا چارا ختم ہونے لگا۔ جیسے جیسے دن گزرتے جاتے گاؤں کے بزرگوں نے اسے عذابِ خداوندی قرار دیا۔ وہ خود اس کے شکار ہو گئے تھے۔ اس لیے کہ اس کو روکنے کی خاطر خواہ ذمہ داری انہوں نے بھی ادا نہ کی تھی۔ اس قحط نے مرزوقیوں کے اس زعم کو توڑ دیا تھا کہ ہم اس علاقے کے اَن داتا ہیں۔ اُن کے دم سے لوگوں کا پیٹ بھرتا ہے۔ آج وہ خود دانے دانے کو محتاج ہو گئے تھے اور قطرہ قطرہ پانی کو ترس رہے تھے۔ انسان نعمتوں کی قدردانی اسی وقت کرتا ہے جب وہ اس سے چھن جاتی ہیں۔ جب تک حاصل رہتی ہے وہ بے قدری ہی کرتا ہے۔ یہ بات مرزوقیوں پر صادق آرہی تھی۔ بالآخر مرزوقیوں نے وادی قحطان سے ہجرت کا فیصلہ کیا۔ یہ فیصلہ بڑا سخت تھا۔ انہیں اس سرزمین سے ان کھیتوں اور کھلیانوں سے ندی اور نالوں سے بے حد محبت تھی اور ان پر بڑا ناز بھی تھا لیکن اب وہ سب بیکار ہو گئے تھے۔ ان کی افادیت صفر ہو گئی تھی۔

ان مخلوقات پر فریفتہ ہو کر ان لوگوں نے اپنے خالق کو بھلا دیا تھا۔ لیکن آج جب کہ یہ تمام بھلاوے بے معنی ہو گئے پھر ان کی توجہ اپنے خالق کی جانب مبذول ہوئی۔ قبیلے کے سردار نے اعلان کیا "مایوسی کفر ہے ہمیں اپنے کیے کی سزا مل رہی ہے۔ اس سزا کو اب کوئی طاقت ٹال نہیں سکتی۔ سوائے ہمارے اپنے کے۔ اب تمام راستے بند ہو چکے ہیں۔ قحطان ندی پوری طرح سوکھ چکی ہے۔ لیکن اللہ کی زمین وسیع ہے۔ اگر اس نے ہمیں زندگی دی ہے تو رزق بھی دے گا۔ اس کے سہارے اسی سے امید باندھے اس بستی سے نکل چلو جو مغضوب بستی ہے۔" قبیلے کے تمام لوگ اپنے سردار سے متفق تھے اور اس بات کے منتظر تھے کہ وہ ان کی رہنمائی کرے۔ ہر آنکھ اپنے سردار سے سوال کر رہی تھی کہ اب کہاں چلنا ہے؟ سردار نے اعلان کیا۔ "چلو پہاڑوں کی جانب چلتے ہیں۔ شاید وہاں

ہمارے نام کا رزق رکھا ہو۔"

پہاڑوں کا نام سن کر کچھ تو گھبرا گئے اور کچھ مایوس ہو گئے۔ کسی نے کہا۔

"یہ تو بڑی محنت کا کام ہے۔ یہ اب ہم سے نہیں ہو گا۔"

کسی نے کہا۔ "اپنے مال و اسباب کو لے کر پہاڑوں پر چڑھنا مشکل ہے۔ کیوں نہ ہم میدانوں ہی کی طرف چلیں۔ کیا ضروری ہے کہ پہاڑوں میں کامیابی ہاتھ آہی جائے۔"

سردار نے کہا۔ "ہاں ضروری تو نہیں لیکن میری چھٹی حس یہ کہتی ہے کہ شاید ہمارا سامان زیست ضرور ان پہاڑوں میں کہیں چھپا ہوا ہے اور جہاں تک محنت کا سوال ہے اس کے بغیر تو کچھ بھی حاصل نہ ہو گا۔ بلکہ ہم پر آنے والے عذاب کی ایک وجہ آرام طلبی ہی ہے۔ اب یہ ساز و سامان چکر چھوڑو اور چلو اوپر کی جانب ہمیں کوہسار بلاتے ہیں۔"

سردار کی تقریر سے قبیلے کے کچھ لوگوں نے اتفاق کیا اور اس کے ساتھ ہو لیے۔ لیکن بڑا حصہ متفق نہ ہوا۔ انہوں نے سردار کی روانگی کے بعد ایک نئے سردار کا انتخاب کیا اور اپنے ساز و سامان باندھنے کے لیے اپنے گھروں کی جانب روانہ ہو گئے۔ وہ زیادہ سے زیادہ سامانِ سفر اپنے ساتھ رکھنا چاہتے تھے۔ لیکن یہ بھول گئے تھے اس سامان نے ان کے سفر کو بوجھل کر دیا ہے۔ دو قافلے دو مختلف سمتوں میں رواں دواں تھے۔ ایک راستہ مشکل تھا لیکن چونکہ وہ ہلکے پھلکے تھے اس لیے تیزی کے ساتھ سرگرم سفر تھے اور دوسرا آسان راستوں کی جانب اس قدر سامان سے لدا تھا کہ ان کے قدم نہ اٹھتے تھے۔ پہاڑ والوں نے ابھی چند ٹیلے پار کیے تھے کہ انہیں ایک وسیع و عریض جھیل نظر آئی۔ ان کی آنکھوں کو یقین نہیں آرہا تھا اس قدر عظیم وسیلہ حیات ان کے اس قدر قریب ہے۔ اس جھیل کا پانی ان کے لیے آبِ حیات تھا۔ جھیل پر سے ہو کر آنے والی ہواؤں کی خنکی انہیں تر و تازہ کر رہی تھی۔ سردار نے اپنے ہاتھ آسمان کی جانب اٹھائے

اور شکر کے جذبات کا اظہار کرنے لگا۔ قبیلہ کے وہ تمام افراد جو اس کے پیچھے تھے وہ سب اس کے ہر جملہ بلکہ ہر لفظ پر آمین کہہ رہے تھے۔ یہ الفاظ زبان سے نہیں بلکہ دل سے ادا ہو رہے تھے۔ جھیل کے قریب پہنچ کر قافلہ کے سردار نے اعلان کیا یہ ہمارے لیے اللہ کی جانب سے جنت الفردوس کا تحفہ ہے۔ آج سے اس جھیل کا نام فردوس ہے اور اسی کے نام پر مرزوقی قبیلہ کے اس حصہ کو نیا تشخص حاصل ہو گیا اور وہ فردوسی کہلانے لگے۔

مرزوقیوں کے دوسرا گروہ میدانوں کی خاک چھانتا رہا۔ ہر صبح سورج کے ساتھ انہیں ایک سراب نظر آتا جس کے پیچھے وہ اپنے مال و اسباب کے ساتھ چل پڑتے اور شام ہوتے ہوتے وہ سراب آنکھوں سے اوجھل ہو جاتا۔ وہ تھک کر بیٹھ جاتے کچھ کھاتے پیتے۔ اگلے دن کے سمت سفر پر غور وخوض کرتے اور سو جاتے۔ پہلے کچھ دن چونکہ سامان سفر کافی تھا ان کے حوصلہ بلند تھے لیکن جیسے جیسے مقدار کم ہونے لگی مایوسی گھر کرنے لگی۔ طرح طرح کے اندیشے جنم لینے لگے۔ کیا ہو گا جب چارہ ختم ہو جائے گا؟ کیا ہو گا جب مویشی مر جائیں گے؟ سواریوں کے بغیر سفر کیسے ممکن ہو گا؟ یہ خیال ان لوگوں کو ستانے لگا۔

ایک شام جب وہ سمت سفر پر غور و خوض کر رہے تھے ایک نوجوان نے اٹھ کر سردار کو برا بھلا کہنا شروع کر دیا۔ وہ کہہ رہا تھا" کل میری دو بکریوں نے دم توڑ دیا آج میرا گدھا فوت ہو گیا۔ اب آگے کیا ہو گا جو سامان صبح میرے گدھے پر تھا اب میرے کندھوں پر ہے اب اسے سنبھالوں یا اپنے آپ کو سنبھالوں۔ کل اگر دوسرا گدھا بھی فوت ہو جائے تو میں کتنوں پر لدا بوجھ اٹھاؤں گا۔ میری حالت تو گدھے سے بھی بدتر ہو گئی ہے۔"

سردار نے جھلا کر کہا۔"اس میں میرا کیا قصور ہے میری حالت بھی تم سے کچھ

مختلف نہیں ہے۔"

ایک اور شخص بول پڑا۔ "قصور کیوں نہیں ہے تم سردار ہو ہر روز سمت سفر تم طے کرتے ہو اور ہمیں یقین دلاتے ہو کہ کل پرسوں میں ہمارا مسئلہ حل ہو جائے گا لیکن وہ کل ہر روز کل پر ٹل جاتا ہے۔ اب تو ہمارے کل پرزے ڈھیلے ہو گئے ہیں۔"

سردار نے کہا۔ "دیکھو بلاوجہ مجھے موردِ الزام نہ ٹھہراؤ میں ہر روز تم لوگوں سے مشورہ کرتا ہوں اور تمہاری رائے سے سمت سفر طے کرتا ہوں۔ اس لیے اس گمراہی میں تم لوگ برابر کے شریک ہو۔"

"یہ تو زیادتی ہے۔" ایک نوجوان نے کہا۔ "ہم تمہیں الگ الگ مشورہ دیتے ہیں تم ان میں سے کسی ایک کو قبول کرتے ہو اور بقیہ کو رد کر دیتے ہو۔ میرا مشورہ تو آج تک تم نے کبھی بھی قبول نہ کیا ہمیشہ ہی رد کر دیا اور اب مجھے بھی اپنے گناہ میں شریک کر رہے ہو۔"

سردار بولا۔ "بھئی یہ تو میری مجبوری ہے۔ سفر کی سمت تو ایک ہی ہو سکتی ہے چاہے غلط ہو یا صحیح۔ اب اگر تم متضاد مشورے دو گے تو میں ان سب کو قبول نہیں کر سکتا۔ اس لیے کسی ایک کو قبول کر لیتا ہوں۔ یہ عملی مجبوری ہے۔"

"لیکن کس بنیاد پر قبول یا رد کرتے ہو۔"

"اپنی پسند کی بنیاد پر۔"

"تب تو یہ فیصلہ ہمارا کب رہا؟ یہ تو تمہارا اپنا ہو گیا۔"

سردار نے سمجھاتے ہوئے کہا۔ "ارے بھئی مشورہ تو تم سے لیتا ہوں اور اسے قبول بھی کرتا ہوں۔ اب اور تمہیں کیا چاہیے؟"

یہ سن کر ایک بزرگ کھڑے ہوئے اور انہوں نے کہنا شروع کیا۔ "بس کرو یہ

ڈھکوسلے بازی، ہم خوب سمجھتے ہیں تمہاری چال بازی۔ تم مشورے سبھی سے مانگتے ہو۔ اس دوران تمہارے حاری حواری وہ مشورے دے دیتے ہیں جو تمہاری اپنی رائے ہوتی ہے اور تم انہیں قبول کر لیتے ہو اور اپنی ناکامی کا سہرا ہم لوگوں کے سر باندھ دیتے ہو۔ انہیں مکاریوں نے ہمیں رحمتِ خداوندی سے محروم کر دیا ہے۔ ہم عرصۂ دراز سے دربدر کی ٹھوکریں کھارہے ہیں ایک دوسرے کو بلکہ اپنے آپ کو احمق بنارہے ہیں۔"

بزرگ نے سردار کی دکھتی رگ پر ہاتھ رکھتے ہوئے سوال کیا۔ "اچھا تو یہ بتاؤ کہ زیادہ سے زیادہ سازوسامان لینے کی رائے کس کی تھی؟"

سردار بگڑ گیا۔ "ہاں میری تھی۔ میں نے ہی تم سے یہ کہا تھا کہ زیادہ سے زیادہ سامان اپنے ساتھ رکھ لو اور وہ فیصلہ صحیح بھی تھا۔ اس لیے کہ اگر تم کنگال اور بدحال نکلتے تو اب تک کب کے فاقہ کشی کا شکار ہو کر مر کھپ گئے ہوتے۔"

"نہیں یہ غلط ہے۔ اگر ہمارے پاس سازوسامان کم ہوتا تو اب تک ہم کئی گنا زیادہ فاصلہ طے کر چکے ہوتے اور ہو سکتا تھا کسی ایسے مقام پر پہنچ چکے ہوتے جہاں ہمارے اور ہمارے مویشیوں کے لیے پانی اور غلہ وغیرہ موجود ہوتا۔"

ایک اور نوجوان نے کہا۔ "سوال صرف رفتار کا نہیں ہے۔ اگر آدمی تیز رفتاری غلط سمت میں سفر کرے تب بھی منزل سے قریب ہونے کی بجائے دور ہو جاتا ہے۔ مجھے تو لگتا ہے ہم نے سمت سفر بھلادی ہے۔"

ایک بزرگ کھڑے ہوئے انہوں نے کہا۔ "معاملہ صرف سمت کا نہیں بلکہ توکل کا بھی ہے۔ ہم نے تمام تر انحصار اپنی عقل فہم اور مادی وسائل پر کیا اور صحرا میں بھٹکتے رہے۔ اب جب کہ عقل نے جواب دیا وسائل کی ارزانی ہونے لگی ہم مایوسی کا شکار ہونے لگے ہیں۔ ہماری خود اعتمادی پر سوالیہ نشان لگ گیا ہے اور ہم آپس میں ایک دوسرے کو

موردِ الزام ٹھہرانے لگے ہیں۔"

بزرگ کی اس بات سے سبھی نے اتفاق کیا۔ سردار کی عقل بھی ٹھکانے آنے لگی۔ اس نے خندہ پیشانی سے بزرگ کی جانب دیکھا اور سوال کیا۔ "آپ کی تمام باتیں صحیح ہیں۔ یقیناً ہم سے غلطی ہوئی ہم اس پر شرمندہ ہیں۔ لیکن اب آپ بتلائیں کہ ہم کیا کریں ؟"

بزرگ نے کہا۔ "اگلے وقتوں کی بات ہے جب ہم چھوٹے بچے تھے۔ اس وقت اگر ہم پر کوئی آفت و مصیبت آتی تو پروردگار کی جانب رجوع کرتے۔ اس سے مدد و تصرف کی التجا کرتے۔ اس پر توکل کر کے ہمارا سردار استخارہ کرتا اور صبح اٹھ کر استخارے پر اپنے ساتھیوں سے مشورہ کرتا۔ اس سے نہ صرف ہمیں منزل کا نشان بلکہ منزل مقصود بھی مل جاتی۔"

"اچھا تو ہم بھی ایسا ہی کریں گے۔"

سبھی لوگوں نے بزرگ سے درخواست کی کہ وہ دعا کریں۔ دعا کے خاتمے پر چشم نم کے ساتھ سردار نے بزرگ سے استدعا کی کہ آپ ہی استخارہ فرمائیں اور صبح دم ہماری رہنمائی فرمائیں۔

بزرگ مسکرائے انہوں نے کہا۔ "بیٹے تمہارے آنسوؤں نے خطاؤں کے سب داغ دامن سے دھل دیئے ہیں۔ استخارہ تمہارا حق ہے اور رہنمائی تمہاری ذمہ داری ہے تم اللہ کے سہارے آگے بڑھو ہم سب تمہارے ساتھ ہیں۔"

بزرگ کے ان مشفقانہ کلمات نے سردار کی آنکھوں کو ٹھنڈک بخشی اور وہ نیند کی آغوش میں کھو گیا۔

رات سردار نے ایک بھیانک خواب دیکھا۔ وہ اپنے قافلے کے ساتھ لق و دق صحرا

میں رواں دواں ہے کہ اچانک گرد و غبار کی شدید آندھی آتی ہے۔ ہوا کی رفتار اس قدر تیز ہے کہ وہ اپنے ساتھ قافلے کا تمام مال و اسباب اُڑا لے جاتی ہے۔ قافلے کا ہر فرد خود دہشت سے کانپ رہا ہوتا ہے۔ ہر ایک کے سر پر موت کا سایہ منڈلا رہا ہوتا ہے۔ قافلے والوں کو یقین ہو جاتا ہے کہ اب ان کا آخری وقت آ چکا ہے۔ اب مرزوقی قبیلہ صفحۂ ہستی سے مٹ جائے گا اور ایک داستان پارینہ بن جائے گا۔ لوگ توبہ اور استغفار کرنے لگتے ہیں۔ لیکن ہواؤں کی بڑھتی ہوئی رفتار چلا چلا کر یہ کہہ رہی ہوتی ہے کہ قبولیت دعا کی مہلت ختم ہو چکی ہے۔ اچانک ان آندھیوں کے ساتھ بادل نمودار ہونے لگتے ہیں۔ یہ آندھیوں کے بادل ہیں۔ آندھیاں انہیں اپنے ساتھ لے جائیں گی۔ اس حقیقت کو جانتے ہوئے بھی قافلے والوں کے دل میں بادلوں کی آمد سے اُمید کی کرن پھوٹ پڑتی ہے اور پھر ایک معجزاتی طور پر وہ بادل برسنے لگتے ہیں۔ ایسا تو کبھی نہیں ہوا۔ ایسا کیونکر ہو سکتا ہے؟ لیکن ایسا ہو رہا ہے۔ قافلے والوں کو اپنی آنکھوں پر یقین نہیں۔ وہ پریشان ہو جاتے ہیں۔ یہ خواب ہے یا حقیقت۔ یہ حقیقت نہیں ہو سکتا ہے یہ خواب و خیال کی باتیں ہیں۔ قافلے میں شور اُٹھتا ہے یہ تو خواب و خیال کی باتیں ہیں۔

سردار جاگ جاتا ہے اور اسے یاد آتا ہے کہ وہ رات استخارے کی نیت اور دعا کر کے سویا تھا۔ صبح دم وہ بزرگ کی خدمت میں حاضر ہوتا ہے۔ انہیں اپنا خواب سناتا ہے۔ بزرگ اُسے اصحاب الرائے سے مشورہ کرنے کی تلقین فرماتے ہیں۔ ناشتے کے بعد سردار اپنے چنندہ ساتھیوں کے سامنے اپنا خواب پیش کر دیتا ہے۔ لوگ اس خواب کی تعبیر مختلف زاویوں سے معلوم کرنے کی کوشش کرتے ہیں۔ لیکن ایک نوجوان پوچھتا ہے۔

"آندھی کس رُخ سے آئی تھی۔"

سردار اپنے دماغ پر زور ڈال کر کہتا ہے۔ "مشرق کی جانب سے۔ لیکن ہمارے قافلے کا رُخ تو مغرب کی جانب ہے۔ ایسے ہم کیونکر اپنی منزل مقصود تک پہنچ سکتے ہیں؟"

خواب کی تعبیر مل گئی۔ قافلے کا رُخ بدلنے کا فیصلہ ہو گیا اور پھر ایک اُمید اور حوصلہ بھی حاصل ہو گیا۔ مزید ایک ہفتے کی مسافت کے بعد قافلہ جس مقام پر پہنچا یہ اُن کا جانا پہچانا علاقہ تھا۔ وہ لوگ گھوم پھر کر قحطان کے میدانوں میں آ گئے تھے۔ ان کی اپنی بستی اُن کی آنکھوں کے سامنے تھی۔ لیکن سب کچھ اُجڑا ہوا تھا۔ ایسا لگتا تھا جیسے کسی شدید زلزلے کی نذر ہو گئی تھی ان کی بستی۔ بلکہ پورے علاقے کی تباہی و بربادی کے باوجود وہ لوگ زندہ اور صحیح سلامت تھے۔ ان لوگوں نے سوچا اچھا ہی ہوا جو ہم یہاں سے نکل گئے۔ ورنہ جو حال ہماری عمارتوں کا ہوا ہے وہی حال ہمارا ہوتا۔ ہم ملبے میں پڑے تدفین کے منتظر ہوتے۔ اس خیال نے ان کے اندر زندگی کی اُمید پیدا کر دی تھی۔ اگر ہمیں مرنا ہوتا تو ہم مر چکے ہوتے۔ ہمیں زندہ رہنا ہے اسی لیے ہم زندہ ہیں۔ وہ دفعتاً اپنی پریشانیاں اور مصائب بھول گئے۔ ان کے دل شکر کے جذبات سے بھر گئے اور آسمان بادلوں سے۔ بوندا باندی شروع ہو گئی۔ دیکھتے دیکھتے سب کچھ جل تھل ہو گیا۔ قحطان ندی میں پانی کی ایک لکیر بن گئی جو پھیلتے پھیلتے ایک وسیع دھارے میں تبدیل ہو گئی۔ ہر کوئی خوش تھا لمبے وقفے تک صحرا نوردی کے بعد اُنہیں وہ سب حاصل ہو گیا تھا جو اُنہوں نے کھویا تھا۔ وہ اپنی زمین اپنی ندی کے کنارے تھے اور جانتے تھے کہ یہ نہایت زرخیز زمین قدرت کا انمول تحفہ ہے۔ اس کی ناقدری نے انہیں اس نعمت سے محروم کر دیا تھا۔ وہ تائب ہو چکے تھے وہ جانتے تھے کہ ایمان کی پھوار ان کے دلوں اور کھیتوں کو پھر سے سرسبز و شاداب کر دے گی۔ قافلہ جو پھر ایک بار قبیلہ بن چکا تھا اپنے سردار کو مبارکباد دے رہا تھا۔ اس نئی زندگی میں اپنے قبیلہ کا نام سردار نے عظیم قحط کے نام پر قحطانی رکھ دیا۔ وہ نہیں چاہتا تھا کہ قوم

دوبارہ غفلت کا شکار ہو۔ اس کا خیال تھا کہ اگر اس قحط کو یاد رکھیں گے تو پھر تن آسانی کا شکار نہ ہوں گے۔ عیش و طرب میں پڑ کر اپنی تباہی کو دعوت نہ دیں گے۔ یہ قبیلہ کا سردار سر خیل تھا۔ جس کا بیٹا شر جیل فردوسیوں کے یہاں اپنا علاج کروا رہا تھا۔

دوپہر کو شیبا کے والد نماز ظہر سے فارغ ہو کر گھر آئے کھانا کھایا اور آرام کرنے کی غرض سے اپنے بستر پر جانے لگے تو شر جیل نے ان سے کہا۔ "محترم چچا میں آپ سے کچھ ضروری بات کرنا چاہتا ہوں۔"

عمرو چچا نے شفقت سے اسے پاس بلایا اور کہا۔ "ضرور بیٹے ضرور۔ کس بارے میں تم مجھ سے بات کرنا چاہتے ہو؟"

"شیبا کے بارے میں۔"

یہ جملہ سنتے ہی شیبا کے کان کھڑے ہو گئے۔ والد کو کھانا کھلانے کے بعد وہ خود کھانے کے لیے بیٹھ رہی تھی۔

"شیبا کے بارے میں؟" عمرو چچا کو حیرت ہوئی انہوں نے پوچھا۔ "کیوں؟ اس سے کوئی گستاخی یا غلطی تو سرزد نہیں ہوئی؟ نادان لڑکی ہے۔"

شر جیل نے نفی میں سر ہلاتے ہوئے اپنی بات جاری رکھی۔ "دیکھئے چچا ویسے تو فردوسی اور قحطانی ایک ہی آباؤ اجداد کی اولادیں ہیں وہ تو حالات نے ان کو دو مختلف قبائل میں تقسیم کر دیا اور دوریوں کے باعث آپس میں اختلافات بھی پیدا ہوئے اور کبھی کبھار چپقلش بھی ہونے لگی۔"

چچا عمرو نے تائید کی۔ "تم ٹھیک کہتے ہو۔"

شر جیل نے بات بڑھائی۔ "میں چاہتا ہوں کہ ان دونوں قبیلوں میں قربت بڑھے۔ یہ پھر ایک دوسرے سے شیر و شکر ہو جائیں۔"

"بڑا نیک ارادہ ہے تمہارا۔ ہمارا سردار سعد بڑا کریم النفس انسان ہے۔ آج شام کی دعوت میں جب کہ سارا قبیلہ ایک جگہ جمع ہو گا اگر تم اس خواہش کا اظہار کرو تو سب لوگ خوش ہو جائیں گے اور پھر تم قحطانیوں کے معمولی آدمی تو ہو نہیں تم سردار کے بیٹے اور مستقبل کے سردار ہو۔ تمہاری اس طرح کی سوچ تابناک مستقبل کی علامت ہے۔"

شرجیل ان تاثرات سے خوش ہوا۔ اس نے کہا۔ "چچا یہ سب صرف باتوں سے نہ ہو گا۔ ہمیں کچھ عملی اقدامات کرنے ہوں گے۔"

"بجا کہتے ہو تم۔ لیکن عملاً کیا کیا جا سکتا ہے؟"

"میری تجویز یہ ہے کہ آپ شیبا کو میرے نکاح میں دے دیں۔ اگر فردوسیوں کی معزز خاتون قحطانی قبیلے کے سردار سے بیاہی جائے تو اس سے دونوں قبیلوں کے درمیان ایک فطری تعلق پیدا ہو جائے گا۔ پھر اس طرح کی رشتہ داریاں بڑھیں گی اور دوریاں اپنے آپ کم ہو جائیں گی۔"

شرجیل کی اس تجویز کو سن کر عمرو چچا سکتے میں آ گئے انہوں نے کہا۔ "بیٹے میں تمہارے جذبات کی قدر کرتا ہوں ہماری عزت افزائی کے لیے تمہارا ممنون مشکور ہوں۔ لیکن یہ نہیں ہو سکتا۔"

"کیوں نہیں ہو سکتا؟" شرجیل نے زور سے پوچھا۔ "میں جانتا تھا کہ آپ میری منافقانہ تائید کر رہے ہیں۔ فردوسیوں نے ہمیشہ ہی قحطانیوں کو اپنے حقیر سمجھا ہے اور یہی چیز آپ کو حامی بھرنے سے روک رہی ہے۔ ورنہ کس کی مجال ہے کہ اس علاقے میں قحطانی قبیلے کے سردار کی شادی کی پیش کو ٹھکرائے؟"

"نہیں بیٹے نہیں۔ بدگمانی سے بچو۔ ایسا کچھ بھی نہیں ہے۔ بات دراصل یہ ہے کہ یہ پیغام دیر سے آیا۔ شیبا کا نکاح تو بچپن ہی میں سعد سے طے ہو گیا۔ اور گذشتہ بہار میں

سگائی کے بعد اس کا اعادہ بھی کر دیا گیا۔ ابھی چند دنوں بعد اس کا نکاح ہونے والا ہے۔ ایسے میں ہم تمہاری تجویز کو کیسے مان سکتے ہیں؟ ہمارے قبیلے میں بہت ساری ایسی لڑکیاں ہیں جن کی شادی ابھی طے نہیں ہوئی۔ تم جس سے چاہو نکاح کر لو ہم اسے اپنے لیے باعثِ فخر و سعادت سمجھیں گے۔"

"بہت خوب۔" شرجیل جھلایا "گویا میں نکاح اپنی پسند سے نہیں آپ لوگوں کی پسند سے کروں گا۔ جس سے میں نکاح کرنا چاہتا ہوں اس سے نہیں۔ جس سے آپ نکاح کروانا چاہتے ہیں اس سے شادی ہو گی یہ تو خوب زبردستی ہے۔"

چچا عمرو اس اُلٹی دلیل پر چونک پڑے۔ "زبردستی میں نہیں کر رہا وہ تم کر رہے ہو۔ اور اُلٹا مجھ ہی پر الزام لگا رہے ہو۔ یہ تو عجیب معاملہ ہے۔"

"اچھا تو یہ زبردستی ہے۔ باعزت طریقے پر کسی کا ہاتھ مانگنا زبردستی ہے۔ کسی کو نکاح کا پیغام دینا زبردستی ہے؟"

"نہیں بیٹے۔ یہ زبردستی نہیں بلکہ جس دوشیزہ کا نکاح طے ہو چکا ہے اس کے لیے اصرار کرنا زبردستی ہے۔ ہم تمہارے تعلقات کی استواری کی تجویز کا خیر مقدم کرتے ہیں اور تمہیں شیبا کے علاوہ جن کا نکاح طے نہیں ہوا ان میں سے کسی بھی لڑکی سے شادی کی پیش کش کرتے ہیں۔"

"یہ مشورہ آپ مجھے دے رہے ہیں۔ یہی بات آپ سعد سے نہیں کہہ سکتے کہ وہ ان میں سے جس سے چاہے نکاح کر لے۔ اس لیے کہ وہ آپ کے اپنے قبیلے کا آدمی ہے۔ آپ کے سردار کا بھائی ہے اور میں قحطانی ہوں۔ اسی کو عصبیت کہتے ہیں۔"

"دیکھو شرجیل بار بار بات کو گھما کر کسی اور جانب لے جاتے ہو۔ میں نے سعد سے وعدہ کیا ہے۔ ہم عہد کے پابند لوگ ہیں اور ہر صورت اپنا وعدہ نبھاتے ہیں۔"

"اچھا تو چچا عمرو سن لیجئے میں بھی شر جیل ابن سر خیل قحطانی ہوں۔ نہ سننا میری عادت کے خلاف ہے۔ لفظ ناممکن کا وجود میری لغت میں نہیں ہے۔ میں جو کرنا چاہتا ہوں کر کے رہتا ہوں۔ میں تو چاہتا تھا کہ ان دونوں قبیلوں کے تعلقات بہتر ہوں لیکن اگر آپ اسے خراب ہی کرنا چاہتے ہیں تو یوں ہی سہی۔"

چچا عمرو نے شر جیل کو سمجھایا۔ "بیٹے تعلقات عدل وانصاف کی بنیاد پر استوار ہوتے ہیں۔ ظلم وزیادتی کی بنیاد پر نہیں۔ اس سے تعلقات بگڑتے ہیں لیکن تمہارا ارادہ ٹھیک نظر نہیں آتا۔" یہ کہہ کر عمرو چچا اٹھے اور اپنے بستر پر دراز ہو گئے۔ وہ جہاندیدہ انسان تھے۔ سر خیل قحطانی کو انہوں نے بچپن سے جوان سے ہوتے دیکھا تھا اس کی ضد اور ہٹ دھرمی سے وہ اچھی طرح واقف تھے اور اب شر جیل میں انہیں وہی سر خیل نظر آتا تھا جس نے قبیلے کے سردار سے بغاوت کر کے پہاڑوں کے بجائے میدانوں کا رُخ کیا تھا۔ جس کے باعث مرزوقی دو حصوں میں تقسیم ہو گئے تھے۔ جسے اپنی خوش حالی پر بڑا ناز و غرور تھا جس نے قحطان میں واپس آنے کے بعد آس پاس کے قبیلوں کو اپنے زیر اثر لے لیا تھا اور فردوسیوں پر دست درازی کی کوشش کی تھی۔ لیکن فردوسیوں کی جغرافیائی پوزیشن نے انہیں کافی محفوظ بنا دیا تھا۔ پہاڑوں کے نشیب و فراز قحطانیوں کے لیے زحمت اور فردوسیوں کے لیے رحمت بنے ہوئے تھے۔

چچا عمرو عصر تک اپنے بستر پر پڑے رہے۔ لیکن انہیں نیند نہ آئی اذان کی آواز جیسے ہی بلند ہوئی وہ اپنے بستر سے اٹھے اور مسجد کی جانب روانہ ہو گئے۔

شیبا اپنے ہاتھوں میں چائے کی دو پیالیاں لے کر مہمان خانے میں آئی اور اپنے والد کو غیر حاضر پا کر چونک پڑی۔ اس لیے کہ ان کا معمول تھا وہ اذان کے بعد وضو کے لیے جاتے اس بیچ شیبا ان کے لیے چائے بنا کر لاتی۔ وہ جلدی جلدی چائے پی کر مسجد کی جانب

روانہ ہو جاتے۔ جب سے شرجیل ان کے گھر آیا تھا شیبا ایک کے بجائے دو کپ چائے لاتی۔ ایک اپنے والد اور دوسرا شرجیل کے لیے۔ شرجیل نے شیبا کو دیکھا اور کہا۔

"تمہارے والد مسجد جا چکے ہیں۔ آج میرا یہاں آخری دن ہے۔ رات دعوت الوداع ہے اور کل صبح میں روانہ ہو جاؤں گا۔ میں جانے سے پہلے تم سے کچھ اہم بات کر لینا چاہتا ہوں۔"

چونکہ شیبا نے شرجیل کی والد سے بات چیت سن لی تھی اس لیے وہ سمجھ گئی کہ شرجیل کیا کہنا چاہتا ہے اور یہ بھی جانتی تھی کہ اس بات چیت کا انجام کیا ہو گا۔ اس کے باوجود ازراہِ مروّت اس نے شرجیل سے کہا۔

"کہیے کیا بات ہے؟"

شرجیل نے کہا۔ "بات دراصل یہ ہے کہ تم نے مجھے نئی زندگی عطا کی ہے اگر تم وہاں نہ ملتیں تو شاید میری لاش جنگل میں چیل اور کوؤں کی نذر ہو گئی ہوتی۔ یا جنگلی جانور اس سے اپنی بھوک مٹا چکے ہوتے۔"

"نہیں شرجیل زندگی اور موت تو خدا کے ہاتھ میں ہے۔ کوئی شخص اپنے وقت سے پہلے نہیں مر سکتا اور وقت آجانے پر کوئی اسے ٹال نہیں سکتا۔"

شرجیل نے کہا۔ "تم فردوسیوں کے آگے کسی کی دلیل نہیں چلتی۔ تم لوگ تو ہر کسی کو لاجواب کر دیتے ہو۔ تمہاری بات صحیح ہے لیکن پھر تم نے میرے ساتھ جو احسان کیا میرا جتنا خیال رکھا، علاج کرایا، تیمارداری کی میں اس احسان کا بدلہ کبھی بھی ادا نہیں کر سکتا۔"

شیبا نے جواب دیا۔ "اس میں احسان کی کیا بات ہے۔ انسان ہونے کی حیثیت سے یہ ہماری ذمہ داری تھی جو ہم نے ادا کی۔ کل تم پر وقت آیا تھا کل ہم پر وقت آسکتا ہے۔

ایسے میں اگر کوئی ایک دوسرے کے کام نہ آئے تو اسے انسان کہلانے کا حق نہیں ہے۔"

"شیبا تمہاری یہ بات بھی درست ہے لیکن میں اس احسان کے بوجھ کو ہلکا کرنے کے لیے تم سے نکاح کرنا چاہتا ہوں۔"

"لیکن یہ کیسے ممکن ہے۔ سعد سے میری سگائی ہو چکی ہے۔"

"سعد کا نام میرے سامنے نہ لو وہ ایک معمولی سے قبیلے کا ہونے والا سردار ہے۔ جو پہاڑوں کے درمیان محدود ہے۔ میرا نام شرجیل ہے میں قحطانی قبیلے کا ہونے والا سردار ہوں۔ تم جانتی ہو قحطانی قبیلے کا سکّہ سارے میدانی علاقے میں چلتا ہے۔ ہر کوئی اس کا باجگذار ہے۔ تم جیسی خوبصورت اور ذہین خاتون کو فردوسی سردار کی نہیں بلکہ قحطانی سردار کی زوجہ ہونا چاہیئے۔"

"شرجیل کیا ہونا چاہیئے اور کیا ہو چکا ہے اس میں بہت بڑا فرق ہے۔ میں نے کہا نا کہ سعد سے میری سگائی ہو چکی ہے اور نکاح ہونے والا ہے۔"

شرجیل نے بات پکڑلی۔ "دیکھو تم نے خود کہا نکاح ہونے والا ہے۔ ابھی ہوا نہیں ہے اور یہی نہیں ہونا چاہیئے۔ ویسے سگائی وغیرہ تو بے جا رسوم رواج ہیں۔ ان کی کوئی شرعی حیثیت تو ہے نہیں۔ نکاح کی ہے جو ابھی ہوا نہیں ہے۔"

"سگائی کی شرعی حیثیت تو نہیں ہے لیکن اس عہد کی شرعی حیثیت ضرور ہے جو والد نے سعید اور سعد سے کیا ہے اور بغیر کسی وجہ کے توڑا نہیں جا سکتا۔"

"بغیر وجہ کے توڑا نہیں جا سکتا۔ لیکن وجہ ہے اور وجہ یہ ہے کہ میں نہ سننے کا قائل نہیں ہوں۔"

شیبا نے بات کاٹتے ہوئے کہا۔ "اور ناممکن میری لغت میں نہیں ہے۔ میں جو چاہتا ہوں وہ کر گزرتا ہوں کوئی مجھے اس سے روک نہیں سکتا، یہی کہنے والے تھے نا۔ میں جانتی

تھی کہ آغاز جو بھی ہو اس گفتگو کا انجام یہی ہو گا۔"

"نہیں شیبا۔ تم نے مجھے غلط سمجھا۔" شر جیل نے پینترا بدلا۔ "نہیں شیبا نہیں۔ تمہارے والد کی طرح تم نے بھی مجھے غلط سمجھا۔ دراصل میں نے کہا نا تم نے مجھے نئی زندگی دی ہے اور یہ نئی زندگی تمہارے بغیر بے معنی ہے۔"

"تمہاری بات صحیح ہو سکتی ہے لیکن تم صرف اپنے بارے میں سوچتے ہو اور اپنی زندگی کو بامعنی بنانے کے لیے اوروں کی زندگی کو بے معنی بنانے میں تمہیں تامل نہیں ہے۔ تم جانوروں کو جنگلی قرار دیتے ہو جو اپنے شکار کو ہلاک کر کے اس سے اپنی بھوک مٹاتے ہیں لیکن اگر مہذب انسان زندہ انسانوں سے اپنی بھوک مٹانے لگے تو کیا یہ انصاف کی بات ہو گی؟"

"شیبا تم مجھے پھر وہی جملے دوہرانے پر مجبور کر رہی ہو۔"

"نہیں شر جیل میں چاہتی ہوں کہ تم حقیقت پسند بنو۔ نہ سننے کے قائل بنو۔ اس لیے کہ ناممکن نہ صرف ہر لغت میں بلکہ حقیقی زندگی میں موجود ہے۔ اس ہرن کے بارے میں سوچو جس کا شکار کرنے تم نکلے تھے جس نے تمہیں گہری کھائی میں پہنچا دیا۔ تمہارا گھوڑا مارا گیا اور تم زخمی ہو گئے۔ وہ ہرن تمہارے ہاتھ لگی؟ نہیں۔ ایسا ہوتا ہے۔ اسی کا نام زندگی ہے۔ اسی کو تقدیر کہتے ہیں اور پھر مقدر کے لکھے کو کوئی ٹال نہیں سکتا۔"

شر جیل نے کہا۔ "یہ سب پرانے وقتوں کی باتیں ہیں۔ میں ان میں یقین نہیں رکھتا۔ میں تو یہ جانتا ہوں کہ میری تقدیر اس مٹھی میں ہے۔ میں جو چاہوں گا اسے اپنا مٹھی میں بند کر لوں گا اور کوئی اسے چھڑا نہیں سکے گا۔"

چائے کی دونوں پیالیاں ٹھنڈی ہو چکی تھیں۔ شیبا نے دونوں کو اٹھا کر نالی میں بہا دیا۔

شام کو سارا گاؤں دعوت طعام کے لیے جمع ہو گیا تھا۔ لوگ بہت خوش تھے۔ طویل عرصہ کے بعد قحطانی قبیلہ کے سردار کا بیٹا ان کے درمیان تھا۔ فردوسیوں نے اس کی خوب تیمارداری کی تھی اور آج وہ صحت یاب ہو کر لوٹنے والا تھا۔ اس تقریب میں فردوسی قبیلہ کے سردار سعد نے ماضی کے اوراق کو پلٹا اپنے اور قحطانیوں کے قدیم رشتوں کے ذکر کیا اور مستقبل میں بہتر تعلقات کی امید ظاہر کر کے مہمان شرجیل سے چند کلمات ادا کرنے کی درخواست کی۔

شرجیل نے فردوسیوں کی مہمان نوازی کو سراہا۔ ان کا شکریہ ادا کیا۔ سعد کے مستقبل کی امیدوں کا خیر مقدم کیا اور مجمع سے سوال کیا کہ کیا ان دو قبائل کے تعلقات محض الفاظ کی ادائیگی سے بہتر ہو جائیں گے یا انہیں کچھ ٹھوس اقدامات بھی کرنے پڑیں گے؟

مجمع میں موجود لوگ بشمول سعد اور سعید شرجیل کی تجویز سے خوش ہوئے لیکن شیبا کے والد عمرو کا ماتھا ٹھنکا۔ سعد نے شرجیل سے کہا۔ "تم صحیح کہتے ہو اقدامات ہونے چاہئیں اس بارے میں اگر کوئی مخصوص تجویز تمہارے ذہن میں ہو تو بتاؤ ہم اس پر مثبت انداز میں غور کریں گے۔"

شرجیل کو جس موقع کی تلاش تھی وہ اسے طلائی طشتری میں رکھ کر پیش کر دیا گیا تھا۔ شرجیل نے بڑی چرب زبانی سے سعد کی تعریف و توصیف کے ساتھ یہ بات رکھی "کہ ازدواجی رشتوں کے قیام سے دشمن قبیلہ بھی ایک دوسرے کے دوست ہو جاتے ہیں اور ہم تو بھائی بھائی ہیں۔ میں شیبا سے نکاح کا پیغام فردوسیوں کے سامنے رکھتا ہوں اس امید کے ساتھ کے جذبہ خیر سگالی کے تحت وہ اسے نہیں ٹھکرائیں گے۔"

شرجیل کا جملہ تمام حاضرین پر بجلی کی طرح گرا ہر کوئی سکتہ میں آگیا۔ چچا عمرو بے

چینی سے پہلو بدلنے لگے لیکن قبیلہ کا سردار سعد نہایت پر وقار انداز میں آگے بڑھا اور اس نے کہا۔

"برخوردار ہم تمہارے جذبات کی قدر کرتے ہیں اور سمجھتے ہیں کہ تم نے کم علمی کے باعث یہ پیام دیا ہے۔ دراصل شیبا کی سگائی ہو چکی ہے جلد ہی اس کا نکاح ہونے والا ہے۔ اس لیے ہم اسے قبول نہ کرنے پر مجبور ہیں۔ ویسے اگر کسی اور دوشیزہ کے لیے قحطانیوں کی جانب سے پیام آئے تو ہم اس پر ضرور غور کریں گے۔"

شرجیل نے کہا۔"اور دوشیزہ کے لیے اس لیے کہ شیبا کی سگائی آپ کے بھائی سعید کے ساتھ ہوئی ہے۔ اسی لیے تعلقات کی استواری کے تمام دعوے بے معنی ہو گئے۔"

"نہیں بیٹے نہیں۔ اگر شیبا کی سگائی قبیلہ کے کسی بھی نوجوان سے طے ہوئی ہوتی تب بھی ہمارا موقف یہی ہوتا۔ یہ ہماری روایات ہیں۔"

شرجیل نے جواب دیا۔"جناب اگر گستاخی معاف ہو تو ایک بات کہوں۔ میں روایت پرستی کا قائل نہیں اور خاص طور سے اگر روایت انصاف سے متصادم ہو جائے تو میں روایت کے بجائے انصاف کو قابل ترجیح سمجھتا ہوں۔"

"لیکن اس معاملہ میں ناانصافی کا سوال کب پیدا ہوتا ہے؟ کون کر رہا ہے اور کس پر ہو رہی ہے ناانصافی؟" سعد نے چونک کر پوچھا۔

شرجیل نے کہا۔"سوال کا شکریہ۔ ناانصافی شیبا پر ہو رہی ہے اور روایت کے نام پر پورا فردوسی قبیلہ اس کو سرانجام دے رہا ہے۔"

خواتین کے مجمع میں بیٹھی شیبا یہ سن کر چونک پڑی۔ اس کے والد نے کھڑے ہو کر احتجاج کیا۔"یہ سراسر جھوٹ ہے غلط بات ہے یہ۔ شیبا پر کوئی ظلم نہیں ہو رہا۔ حقیقت تو یہ ہے کہ اس طرح کی بات کرنا ظلم کے مترادف ہے اور ہماری ہتک ہے۔"

شرجیل نے سعد کی جانب استفہامیہ انداز میں دیکھا گویا جواب دینے کی اجازت مانگ رہا ہو۔ سعد نے اشارے سے اجازت دے دی۔ شرجیل نے کہا۔ "چچا عمرو بے وجہ جذباتی ہو رہے ہیں ان کی جھلّاہٹ ان کے احساس جرم کا پتہ دیتی ہے۔ اس ظلم کے اولین شریک وہ خود ہیں۔ وہ مدعا الیہ ہیں ان کی گواہی قبول کرنا انصاف کے منافی ہے۔" اس مقدمہ کا ایک شریک تو سعید بھی تھا جسے تماشائی بنا دیا گیا۔ عمرو کو ملزم کے کٹھرے میں کھڑا کر دیا گیا۔ سعد قاضی ٹھہرے اور شیبا مدعا بن گئی اور یہ سب کیسے ہو گیا سوائے مدعی شرجیل کے کوئی اور نہیں جان سکا۔ حالات نے دیکھتے دیکھتے پلٹا کھایا کہ یہ عوامی دعوت کھلی عدالت بن گئی۔ لوگ بھول گئے کہ وہ کس لیے جمع ہوئے تھے۔ سعد نے بات آگے بڑھائی "شرجیل روایت شکنی ضروری نہیں کہ انصاف پسندی ہی ہو اس لیے کہ یہ روایات عدل و انصاف کے قیام کی خاطر ہی قائم کی گئی ہیں۔"

شرجیل نے نہایت ادب سے عرض کیا آپ بجا فرماتے ہیں جناب لیکن روایت پرستی بھی عدل و انصاف کی ضامن نہیں ہوتی۔ کبھی کبھار ہمیں روایات سے اوپر اٹھ کر بھی سوچنا پڑتا ہے کہ کہیں رسوم رواج عدل و انصاف کی بنیادی قدروں کو پامال تو نہیں کرنے لگے۔"

"لیکن شرجیل اس سگائی کا کیا جو شیبا اور سعید کے درمیان ہو چکی ہے۔"

"جی ہاں یہی تو میں کہہ رہا تھا کہ سگائی کی آخر شرعی حیثیت کیا ہے؟ جس دین کے ہم ماننے والے ہیں اس میں نکاح کی بنیادی حیثیت ہے لیکن یہ سگائی کہاں سے آگئی اور اس غیر شرعی رسم کو ہم نے روایت بنا لیا۔"

چچا عمرو سے رہا نہ گیا وہ کھڑے ہو گئے اور انہوں نے کہا۔ "میاں شرجیل آپ بلاوجہ بات کا بتنگڑ بنا رہے ہیں اور بھرے مجمع میں ہماری توہین کیے جا رہے ہیں آپ

ہمارے مہمان نہ ہوتے تو ہم آپ کو دیکھ لیتے ہمارے احسان کا یہی بدلہ ہے تم قحطانیوں کے پاس۔ اب ہمارے صبر کا امتحان نہ لو اسی میں بھلائی ہے۔"

چچا عمرو کی اس تقریر نے شرجیل کی من مانی مراد پوری کر دی۔ اس نے کہا۔ "دیکھ لیا آپ نے ظالم چہرہ اور سن لیے آپ نے وہ جذبات جو سینوں کے اندر پل رہے ہیں۔ چچا عمرو نے نہ صرف قحطانیوں کی تذلیل کی ہے بلکہ ہمیں دھمکی دی ہے اگر ان کا احسان مجھ پر نہ ہوتا تو اسی وقت میری تلوار فیصلہ کر دیتی۔ میں تو پہلے ہی جانتا تھا کہ خیر سگالی کا یہ اظہار مصنوعی ہے صرف الفاظ ہیں الفاظ بے معنی الفاظ جن کی حقیقت کی دنیا میں کوئی قدر و قیمت نہیں۔"

سعد نے محسوس کیا کہ شرجیل نے اپنی عیاری سے فردوسیوں کو ظالم جابر اور مکار ٹھہرا دیا ہے حالانکہ یہ سب باتیں خود اس کے اندر رہے۔ سعد نے کہا۔ "ٹھیک ہے۔ چچا عمرو اور شرجیل ایک دوسرے کو ظالم ٹھہرا رہے ہیں اب فیصلہ کون کرے کہ ظالم کون ہے؟"

مجمع نے کہا۔ "ہمارا سردار منصف ہے فیصلے کا حق اسی کو ہے۔ اس کا فیصلہ ہمارے سر آنکھوں پر، ہم اسے نافذ کریں گے اور اس کی خاطر اپنی جان لڑا دیں گے۔"

فردوسیوں کی جانب سے یہ شرجیل کی اس دھمکی کا جواب تھا جو اس نے چچا عمرو کے توسط سے دی تھی۔ سعد یہ دیکھ کر مسکرائے اور انہوں نے کہا۔ "نہیں اس کا فیصلہ میں نہ کروں گا اس لیے کہ میں سعید کا بھائی ہوں اس بات کا فیصلہ خود شیبا کرے گی کہ ظالم کون ہے اور وہ کس سے نکاح کرنا چاہتی ہے؟"

سعد کے اس داؤ نے شرجیل کی چال کو مٹی میں ملا دیا اس لیے کہ وہ سعید کے بہانے سے سعد کے فیصلہ کو ٹھکرانا چاہتا تھا۔ شیبا آگے آئی اور بڑے اعتماد سے اس نے کہا۔

"ظالم شرجیل ہے اور وہ نہ صرف ظالم بلکہ احسان فراموش ہے۔ میرا باپ ظالم نہیں ہے میں ان کا احترام کرتی ہوں ان کے ہر فیصلہ کو بسروچشم قبول کرتی ہوں اور انہیں کی مرضی سے اپنی ازدواجی زندگی گذارنے کا اعلان کرتی ہوں۔"

شیبا کے پُر اعتماد بیان سے پورے قبیلہ میں خوشی کے لہر دوڑ گئی لیکن شرجیل نے اسے ماننے سے انکار کر دیا اس نے کہا۔ "شیبا کا یہ فیصلہ دراصل باپ اور قبیلہ کے دباؤ میں کیا گیا ہے یہ اس کے دل کی بات نہیں ہے۔ اس کے دل کی بات تو میں جانتا ہوں وار یں یہ بھی جانتا ہوں کہ لفظ ناممکن کا وجود میری لغت میں نہیں ہے اور میں نہ سننے کا قائل نہیں ہوں میرا تعلق قحطانی قبیلہ سے ہے ہم اپنا حق لینا جانتے ہیں ہم تلوار کے دھنی ہیں اور فردوسیوں کو آگاہ کیے دیتے ہیں کہ انہیں یہ فیصلہ بہت مہنگا پڑے گا۔"

سعد نے مختصر سا جواب دیا۔ "ہمیں تمہارا چیلنج منظور ہے۔"

محفل برخواست ہو گئی۔ سب لوگ اپنے اپنے گھروں کو لوٹ گئے۔ اس رات کسی نے کھانا نہ کھایا نہ شرجیل نے نہ عمرو نے نہ شیبا نے نہ سعید نہ سعد نے اور نہ قبیلہ نے۔ سب کے سب بھوکے پیٹ اپنے اپنے بستروں پر کروٹیں بدلتے رہے یہاں تک کہ صبح ہو گئی۔

شرجیل قحطانیوں کے لیے مر چکا تھا۔ اس کی غیر موجودگی میں سرخیل نے اپنے چھوٹے بیٹے عقیل کو اپنا جانشین بنا لیا تھا۔ شرجیل کی غیر متوقع آمد نے سارے قبیلہ کو مسرت سے بھر دیا تھا۔ قبیلہ کے سردار نے شرجیل کی آمد پر عظیم جشن فرحت کا اعلان کیا لیکن اس کے لیے سب سے بڑی پریشانی عقیل کی ولی عہدی تھی۔ اس چھ ماہ کے عرصہ میں عقیل فہم و فراست اور حسن اخلاق کے باعث کافی مقبول ہو چکا تھا۔ ایسے میں اس کی

جگہ دوبارہ شر جیل کو فائز کرنا ایک مشکل کام تھا نیز قبائلی روایت کے مطابق بڑے بھائی کی موجودگی میں چھوٹے بھائی کا ولی عہد ہو جانا بھی معیوب بات تھی۔ سر خیل نے اس بارے میں اپنے قریبی مصاحبین سے صلاح و مشورہ بھی کیا تھا لیکن وہ بھی کچھ کہنے کی حالت میں نہیں تھے اس لیے کہ ایک جانب قبائلی روایات تھیں اور دوسری جانب عقیل کی اخلاقی برتری و عوامی مقبولیت۔

شام میں جب سارا قبیلہ قحطان کے میدان میں جمع ہو گیا عقیل نے جشن میں شامل شرکاء کا خیر مقدم کیا۔ بھائی کی آمد پر خوشی کا اظہار کرتے ہوئے جانشین کے عہدے سے اپنی سبکدوشی کا اعلان کر دیا اور اپنے والد سر خیل سے استدعا کی کہ وہ پھر ایک بار شر جیل کو اس عہدہ پر فائز کر دیں۔ جشن مسرت میں شامل لوگوں پر غم کا پہاڑ ٹوٹ پڑا۔ وہ لوگ شر جیل کی ترش روئی سے واقف تھے اس کے کبر و غرور کا کوڑا ان میں سے کئی لوگوں کو اپنے عتاب کا شکار کر چکا تھا۔ اس کی ہٹ دھرمی نے کئی مرتبہ پورے قبیلہ کو آزمائش میں ڈال دیا تھا۔ حقیقت تو یہ ہے کہ قبیلہ والوں کو شر جیل کے زندہ لوٹنے کی خوشی ضرور تھی لیکن اس کا ایک مرتبہ پھر سے ولی عہد کے عہدہ پر فائز ہونا پسند نہ تھا۔ لیکن بہر حال عقیل کے اس فیصلہ نے سر خیل کا مسئلہ حل کر دیا اس نے آگے بڑھ کر پہلے عقیل کو گلے لگایا اس کی پیشانی کو چوما اور پھر شر جیل کا ہاتھ پکڑ اوپر اٹھا دیا۔ یہ دراصل اس بات کا خاموش اعلان تھا کہ اب شر جیل دوبارہ ولی عہد کے طور پر بحال ہو چکا ہے۔ شر جیل کو اس بات کی توقع نہیں تھی کہ سب کچھ اتنے حسن و خوبی سے ہو جائے گا۔ لیکن شر جیل کی نگاہیں عوام کی آنکھوں میں جھانک رہی تھیں اور اس کے لیے اس بات کا اندازہ لگانا بالکل بھی مشکل نہ تھا کہ عوام اس تبدیلی سے خوش نہیں ہیں۔ اسے اپنے چھوٹے بھائی پر رشک آیا۔ عقیل کی سبکدوشی نے عوام کی اور اپنے والد و بھائی کی نظروں میں اس کا قد اور بڑھا دیا تھا۔

شرجیل نے عوام کی جانب سے اپنا رُخ ہٹا کر پہلے اپنے چھوٹے بھائی کو شفقت کے ساتھ دیکھا اور پھر عقیدت کے ساتھ والد کی جانب دیکھ کر گویا ہوا۔

"قبیلہ کے سردار اور والد محترم۔ آپ کا ہر فیصلہ ہم سب کے سر آنکھوں پر ہے۔ آپ کی خواہش ہمارے لیے حکم کا درجہ رکھتی ہے اور اس کو بسر و چشم قبول کرنا ہم اپنے لیے باعث افتخار و سعادت سمجھتے ہیں لیکن۔۔۔" لفظ لیکن پر شرجیل ٹھہر گیا۔ سارے مجمع نے اپنی سانسیں تھام لیں۔ قحطان کا میدان زندوں کا قبرستان بن گیا جہاں لاشیں بیٹھی ہوئی تھیں۔ نہ وہ سانس لیتی تھیں اور نہ پلک جھپکاتی تھیں۔ لوگوں کے دلوں کی دھڑکن بھی لمحہ بھر کے لیے ٹھہر گئی تھیں۔ شرجیل آگے بڑھا۔ "لیکن میں والد محترم سے ایک استدعا کرنے کی جرأت کرنا چاہتا ہوں اور اس استدعا سے پہلے گذشتہ چھ مہینہ کے حالات آپ لوگوں کے سامنے رکھتا ہوں تاکہ آپ کو میری مجبوری سمجھنے میں سہولت ہو۔" یہ کہہ کر شرجیل نے حالات بیان کرنا شروع کر دیئے۔ فردوسیوں کی تعریف و توصیف کے بعد اس نے آخری دن کی گفتگو کو نہایت شاطرانہ انداز میں توڑ مروڑ کر بیان کیا۔ اس پوری گفتگو میں اس نے اس حقیقت پر پوری طرح پردہ ڈال دیا کہ شیبا کی سگائی ہو چکی ہے اور اپنی کہانی اس بات پر ختم کر دی کہ فردوسیوں نے نہ صرف اس کی بلکہ پورے قحطانی قبیلہ کی توہین کر دی ہے اور اس توہین کا بدلہ صرف اور صرف شیبا کے قحطان قبیلے میں شامل کر کے ہی لیا جا سکتا ہے۔ نیز جب تک وہ اس توہین کا بدلہ نہیں لے لیتا اس وقت تک ولی عہدی کے فرائض نہیں ادا کر سکتا اس لیے اپنے والد شرجیل سے درخواست کرتا ہے کہ وہ وقتی طور پر اپنے اس فیصلہ کو ملتوی فرما دیں۔ جب تک فردوسی ذلیل و رسوا نہیں کر دیئے جاتے شیبا ان کے چنگل سے آزاد ہو کر قحطانیوں میں نہیں آ جاتی اس وقت تک عقیل ہی جانشینی کے فرائض انجام دیں اور اسے اس مہم کے لیے آزاد چھوڑ دیا جائے۔"

شرجیل کی اس تقریر نے نقشہ ہی بدل دیا تھا۔ وہ ایک بے غرض اور بے لوث سردار کے طور پر لوگوں کے سامنے آیا گویا قبیلہ کا وقار بحال کرنے کی خاطر عظیم قربانی پیش کر رہا ہو۔ سرخیل کی آنکھوں میں محبت کے آنسو تھے وہ اپنی جگہ سے اٹھا اس نے پہلے شرجیل کو گلے سے لگایا اور پھر عقیل کا ماتھا چوما پھر دونوں کے درمیان کھڑا ہو کر دونوں کے ہاتھ پکڑے اور اوپر اٹھالیا۔ لوگ اپنے سردار کا اشارہ سمجھ گئے۔ وہ شرجیل زندہ باد، عقیل زندہ باد اور سرخیل پائندہ باد کے نعرے لگانے لگے۔ ان فلک شگاف نعروں کے درمیان سرخیل نے عوام کو دستر خوان کی جانب چلنے کی درخواست کی اور پھر سارا قبیلہ دعوت شیر از میں منہمک ہو گیا۔ اس ایک محفل میں حالات اس قدر بدلیں گے اس کا کسی کو وہم و گمان بھی نہ تھا۔ لیکن بہر حال ہر کوئی خوش تھا جو کچھ ہوا اچھا ہوا۔ لیکن آگے کیا ہو گا اور کیا ہونے والا ہے اس کی خبر کسی کو نہ تھی۔ مستقبل کا غیب میں ہونا ان سب کے لیے باعث لطف ورحمت بن گیا تھا۔

قبیلۂ قحطان میں بوڑھے سرخیل کی حیثیت ملکۂ برطانیہ کی سی تھی عملاً سارے امور جانشین وزیر اعظم کی طرح دیکھتا تھا۔ گزشتہ رات کے غیر اعلان شدہ معاہدہ کے مطابق عقیل بدستور جانشینی کے عہدہ پر پھر ایک بار فائز ہو گیا تھا۔ شرجیل اپنی مہم کی تیاری میں لگ گیا تھا۔ قبیلہ کے سارے شریر شرجیل کے گرد جمع ہونے لگے تھے اور شرجیل ان کے اندر نفرت و عناد کے جذبات کو پروان چڑھاتا جاتا تھا نیز نئے نئے لوگوں کو اپنی مہم میں شامل کرنے کی کوشش میں فردوسیوں کے خلاف بے بنیاد افواہیں غلط سلط باتیں پھیلاتا رہتا تھا۔ ایسا کیے بغیر شرجیل اپنے ناپاک عزائم میں کامیاب نہ ہو سکتا تھا۔ جیسا ذہن ویسا عمل جیسا فرد ویسا مقصد اور جیسا مقصد ویسا ذریعہ یہ تمام باتیں شرجیل پر صادق آتی تھیں۔ وہ اس بات سے واقف تھا کہ فردوسیوں کی سرکوبی اور شیبا کا اغواہی اسے قبیلہ

کا وقار بحال کر سکتا ہے۔ ایسا کیے بغیر وہ عقیل سے زیادہ مقبولیت کو حاصل نہیں کر سکتا۔ وہ قبیلہ کی سرداری روایت کی خیرات سے نہیں بلکہ اپنے زور بازو سے حاصل کرنا چاہتا تھا۔

فردوسیوں کو جب شرجیل کی شرارتوں کا علم ہوا تو وہ لوگ کافی غم گین ہوئے۔ فردوسی نہایت شریف النفس لیکن خوددار قبیلہ تھا۔ جب انہیں شرجیل کی تیاریوں کا پتہ چلا تو ان لوگوں نے معاملہ کی سنگینی کو محسوس کیا۔ سردار سعد نے اپنے مشیروں کی ایک نشست اس مسئلہ پر تبادلۂ خیال کی خاطر طلب کی۔ مختلف لوگوں کے خیالات مختلف تھے کچھ لوگ گھبرائے ہوئے تھے انہیں اندیشہ تھا کہ قحطانی بہت طاقتور ہیں وہ آن کی آن میں انہیں کچل کر رکھ دیں گے اس لیے مصالحت کر لینی چاہیئے۔ جس کا دوسرا مطلب یہ تھا کہ شیبا کی سگائی توڑ کر اس کا نکاح شرجیل سے کر دیا جائے لیکن ان لوگوں کے سامنے سب سے بڑی رکاوٹ یہ تھی کہ چچا عمرو اور شیبا اس کے لیے تیار نہ تھے۔ نیز کسی لڑکی اور اس کے سرپرست کی رضامندی کے خلاف نکاح کی اجازت دین حنیف میں نہ تھی۔ ان لوگوں نے اپنی تباہی کا واسطہ دے کر باپ بیٹی کو سمجھانے کی کوشش کی تو ان کا جواب یہ آیا اگر آپ لوگ ہمیں اپنے لیے مصیبت سمجھتے ہیں تو ہم قبیلہ سے کہیں دور نکل جائیں گے تن تنہا ظلم کا مقابلہ کرتے ہوئے اپنی جان دے دیں گے لیکن اس کے آگے سپر نہ ڈالیں گے۔ شیبا کے دلیرانہ عزم و ارادے سے سعد اور سعید دونوں باغ باغ ہوگئے۔ ان لوگوں نے چچا عمرو کو یقین دلایا کہ ہم خون کے آخری قطرے تک تمہاری حفاظت کریں گے۔ آپ لوگ ہمارے قبیلہ کی عزت و ناموس کی علامت ہیں ہم ہر قیمت پر اس کی حفاظت کریں گے۔ فردوسی اپنی روایت کے مطابق ذلت کی زندگی پر عزت کی موت کو ترجیح دیتے تھے۔ اس کے بعد جن لوگوں کے دلوں میں روگ تھا

انہوں نے دوسری تجویز پیش کی جس میں یہ کہا گیا تھا کہ ہم قحطانیوں کو سمجھائیں اور ان کی غلط فہمی دور کرنے کی کوشش کریں لیکن اس تجویز کو قبیلہ کے سردار نے مسترد کر دیا اس لیے کہ جس سے کمزوری کا اظہار ہوتا تھا اور اس طرح کا اشارہ ظالم کے کسر میں اضافہ کا باعث بنتا ہے۔ بالآخر یہ طے کیا گیا کہ ہم حتی الامکان مقابلہ کریں گے یہی پر وقار زندگی کا واحد راستہ ہے اور اپنے عزت و وقار کی بڑی سے بڑی قیمت ادا کریں گے لیکن ظالموں کے آگے سپر نہ ڈالیں گے۔

شرجیل نے جب حملہ کی تمام تیاریاں مکمل کر لیں تو اجازت لینے کی غرض سے اپنے والد کی خدمت میں حاضر ہوا۔ اس وقت عقیل بھی موجود تھا۔ شرجیل نے اسے چھیڑتے ہوئے کہا۔ "لگتا ہے میرا چھوٹا بھائی اس مہم سے خوش نہیں ہے۔"

یہ سن کر عقیل مسکرایا اور اس نے جواب دیا۔ "میرے بڑے بھائی کا خیال صحیح ہے۔"

شرجیل نے کہا۔ "کیا میں وجہ جان سکتا ہوں۔"

عقیل نے کہا۔ "اس روز جو تفصیلات آپ نے بیان فرمائیں ان میں موجود تضاد نے مجھے بے چین کر دیا ہے۔ اگر فردوسی ایسے برے لوگ ہیں تو انہوں نے آپ کی اس قدر خدمت کیوں کی؟ پھر آپ کے صحت مند ہو جانے پر جشن صحت کا اہتمام کیوں کیا؟ پھر واپس آتے ہوئے کوئی ایذا رسانی کیوں نہیں کی؟ اس پورے علاقے میں ان کی پہچان ایک امن پسند قبیلہ کی ہے۔ انہوں نے کسی کو اس وقت تک نہ چھیڑا جب تک دشمن خود ان کی سرحدوں میں داخل نہیں ہو گیا۔"

شرجیل نے کہا۔ "تمہاری باتیں صحیح ہیں لیکن فردوسیوں نے اس سے پہلے ہمیں کئی بار کوہِ سرطان خالی کرنے کی دھمکی دی ہے۔ ابھی پچھلے دنوں ان لوگوں نے ہمیں جریان

کی وادی سے اپنی فوجیں نکالنے کے لیے کہہ دیا۔ کیا تم یہ سب بھول گئے ؟"

"نہیں۔ مجھے یہ سب یاد ہے لیکن حقیقت تو یہ ہے کوہِ سرطان فردوسیوں ہی کا علاقہ ہے جس پر ہم نے چند سال قبل قبضہ کر لیا تھا اور وادی جریان کے لوگ فردوسیوں کے حلیف ہیں اور ہماری فوجیں وہاں جریانوں کی مرضی کے خلاف موجود ہیں اس کے باعث جریانوں کے دلوں میں ہمارے لیے رد عمل پیدا ہو رہا ہے۔"

شرجیل یہ سن کر آگ بگولہ ہو گیا۔ "عقیل تمہاری عقل گھاس چرنے تو نہیں گئی ہے۔ تم ان عظیم قربانیوں کو بھول گئے جن کے بعد کوہِ سرطان فتح ہوا تھا۔ تمہیں قبیلہ کی ناموس کا ذرّہ برابر خیال باقی نہ رہا۔ یہ نہ بھولو کہ جریان میں موجود ہماری فوجوں کے باعث ہی فردوسی گھبرائے ہوئے ہیں اور ہم پر حملے کی ہمت نہیں کر رہے۔ جریان ہمارے لیے بے حد اہمیت کا حامل علاقہ ہے۔ اگر ہم وہاں سے فوجیں ہٹا لیں تو بالکل غیر محفوظ ہو جائیں گے۔ کل ہم جنوب کی جانب سے پیش قدمی کریں گے۔ مشرق کی جانب سے جریان میں موجود ہمارے سپاہی آگے بڑھیں گے مغرب کی جانب کھائی ہے اس طرح فردوسی پوری طرح گھر جائیں گے۔ یہ سب جنگی حکمت عملی ہے تم اسے نہیں سمجھ سکتے۔"

"نہیں بھائی شرجیل۔ ہم نے ماضی میں کئی غلطیاں کیں جس کے باعث ہم لوگ اس خطے میں ایک ناپسندیدہ قابل نفریں شئے بن گئے ہیں۔ اب ہم اپنی پرانی خطاؤں کی اصلاح کرنے کے بجائے نئی غلطیاں کرنے جا رہے ہیں۔ یہ سب تباہی کا سازوسامان ہے۔"

"اچھے بھائی عقیل سرداری کے لیے سربازی لازم ہوتی ہے۔ اس روز تم نے نہیں دیکھا کس طرح لوگ بدلہ کی مانگ کر رہے تھے ہمیں ان کے جذبات واحساسات کا خیال

کرنا ہی ہو گا۔"

عقیل مسکرایا اس نے کہا۔ "قائد لوگوں کے پیچھے نہیں چلتا وہ ان کی رہنمائی کرتا ہے۔ عوام ایسا اس لیے سوچتے ہیں کہ ہم نے انہیں ایسا ہی سجھایا ہے۔ ہمارا کام ان کی فکرِ غلط کی اتباع نہیں بلکہ ان کی غلط سوچ کی اصلاح کرنا ہے۔"

سر خیل خاموشی سے اپنے دونوں بیٹوں کی گفتگو سن کر مسکرا رہا تھا۔ باوجود اختلاف کے دونوں نہایت شفقت و محبت سے ایک دوسرے سے تبادلہ خیال کر رہے تھے۔ اس بات کی اسے خوشی تھی۔ شرجیل نے کہا۔

"شاید ہم اس مسئلہ میں فی الحال متفق نہیں ہو سکتے اس لیے اختلاف کا احترام ہی اتحاد کی واحد سبیل ہے۔ دونوں بھائیوں نے ہاتھ ملایا۔ سر خیل نے شرجیل کے سر پر دست شفقت رکھا اور شرجیل کو روانہ کر دیا۔

شرجیل کو اس مہم کا راز داری کا پورا یقین تھا اور اہل جریان کی حمایت پر پورا بھروسہ تھا لیکن اس کی دونوں توقعات غلط ثابت ہوئیں۔ جریان والوں نے قحطانی فوجوں کے تعاون سے انکار کر دیا جس کے باعث وہ فوج وہیں دھری کی دھری رہ گئیں۔ فردوسیوں نے اپنے ذرائع سے شرجیل کی تمام نقل و حرکت سے آگاہی اختیار کر لی اور راستہ ہی میں انہیں گھیر لیا۔ شب خون مارنے کے ارادے سے۔ جب آخری پہر شرجیل بیدار ہوا تو کیا دیکھتا ہے چاروں جانب الاؤ روشن ہیں اس منظر نے اس کے ہوش اُڑا دیئے۔ اس کے باوجود جریان سے مدد کی امید میں وہ آگے بڑھا لیکن اس وقت ترائی میں تھا۔ تیر اوپر سے برس رہے تھے بہت جلد شرجیل نے اپنی شکست کا منظر چشم تصور میں دیکھ لیا اور اپنی فوجوں کو واپس چلنے کا حکم دے کر واپس لوٹ گیا۔ اس کے گھوڑے کی ٹاپ سے نکلنے والے نغمہ کی دھن اسے بہرہ کیے دے رہی تھی۔ لفظ ناممکن میری لغت

میں نہیں ہے۔ میں ناسننے کا قائل نہیں ہوں میں جو چاہتا ہوں کر کے رہتا ہوں۔ دنیا کی کوئی طاقت مجھے روک نہیں سکتی۔

قحطان آنے کے بعد شرجیل نے اپنے مشیروں کو طلب کیا اور ان سے راز فاش ہونے کے متعلق سوال کیا لیکن کوئی بھی اسے تشفی بخش جواب نہ دے سکا۔ اس نے جھلا کر اپنی خبر رسانی کے محکمہ کو برخواست کر دیا۔ اس کے بعد اس نے جریان سے متعلق سوال کیا تو اسے بتلایا گیا کہ وہاں کے سردار نے فردوسیوں کے خلاف ہمارا تعاون کرنے سے انکار کر دیا۔ اس کا کہنا یہ ہے کہ فردوسی ہمارے ہمسائے ہیں ہم ان سے دشمنی نہیں کر سکتے۔ جو ان کا دوست ہمارا دوست جو ان کا دشمن ہمارا دشمن۔

یہ سن کر شرجیل پر ہذیانی کیفیت طاری ہو گئی۔ اس نے کہا۔ "یہ تو فردوسیوں کے جرم سے بڑا جرم ہے فوراً اس سردار کو قتل کر کے اس کی جگہ اپنے پٹھو کر بٹھا دیا جائے۔"

شرجیل کے سپہ سالار نے کہا۔ "لیکن سرکار وہاں کی عوام۔"

شرجیل نے جملہ کاٹتے ہوئے کہا۔ "ہم انہیں دیکھ لیں گے۔ تلوار کی نوک سے ان کا دماغ درست کر دیں گے۔ اس سردار کا سر قلم کر کے وسط شہر میں لٹکا دو اسے دیکھ کر وہ دہشت زدہ ہو جائیں گے اور خود ہی راہ پر آجائیں گے۔"

شرجیل کے حکم پر فوراً عمل ہوا۔ جریان میں موجود قحطانی فوجوں نے وہاں کے سردار کا سر قلم کر کے اسے سر بازار لٹکا دیا اور اس کی جگہ اپنے ہمنوا نئے سردار کے ہاتھ میں زمام کار دے دی۔ شرجیل نے نئے سردار کا خیر مقدم کیا دوستی کا ہاتھ بڑھایا، تعاون کا یقین دلایا اور تحفہ تحائف سے نوازا اور فردوسیوں پر دوسرے حملے کی تیاریوں میں لگ گیا۔ اس بار شرجیل نہایت محتاط ہو گیا تھا اور کسی صورت ناکامی کا منہ دیکھنا نہ چاہتا تھا۔ سرخیل کی طبیعت دن بدن ابتر ہوتی جا رہی تھی۔ شرجیل باپ کی موت سے پہلے

فر دوسیوں کو شکست فاش سے دوچار کر کے شیبا کے ساتھ فاتح کی حیثیت سے اپنی ساکھ بنا کر سر دار بننا چاہتا تھا۔

دوسرے حملے کی اطلاع جب فر دوسیوں کو ملی تو سعد نے پھر اپنے مشیروں کو طلب کیا۔ اس بار مسعود نے یہ کہا۔ "گذشتہ مرتبہ ہم لوگ جریانیوں کے باعث بچ گئے لیکن اب حالات بدل چکے ہیں۔ جریان کا نیا سر دار شرجیل کا آدمی ہے اس نے اپنی فوج کے ساتھ قحطانیوں کو مشرقی سرحد پر تعینات کر دیا ہے مغرب کی سمت کو راستہ نہیں ہے۔ جنوب سے قحطانی حملہ کرنے والے ہیں اب ہمارے سامنے مصالحت کے علاوہ اور کوئی راہ نجات نہیں ہے۔

مسعود کی بات کا جواب سعید نے دیا۔ "محترم چچا آپ جسے راہ نجات کہہ رہے ہیں وہ راہ نجات نہیں راہ فساد ہے۔ ہم ہتھیار نہیں ڈالیں گے ہم مقابلہ کریں گے۔"

سعد نے اپنے بھائی کو سمجھایا۔ "مسعود ٹھیک کہتے ہیں ہم مقابلہ نہیں کر سکتے لیکن ہم ہتھیار بھی نہیں ڈالیں گے ہم اوپر شمال کی جانب پہاڑوں میں چلے جائیں گے اور وہاں سے مقابلہ کریں گے۔ ان پہاڑوں میں قحطانی ہمارا کچھ بگاڑ نہیں سکتے۔ یہ عیش پسند لوگ ہیں سخت کوشی ان کے لیے عذابِ جان ہے۔ یہ وہاں آئیں گے نہیں اور اگر آئے بھی تو ہم انہیں اُچک لیں گے۔"

مسعود نے کہا۔ "سر دار سعد آپ اپنی انا کے باعث پورے قبیلہ کو آزمائش میں ڈال رہے ہیں۔"

سعد نے جواب دیا۔ "اللہ گواہ ہے کہ یہ جنگ انا کی نہیں عدل و انصاف کی جنگ ہے۔ میری قبیلہ والوں پر کوئی زبردستی نہیں ہے جو میرے ساتھ آنا چاہے میں اس کا تہہ دل سے خیر مقدم کروں گا جو کہیں اور جانا چاہے اس کو میں اجازت دیتا ہوں جسے یہیں

رہنا ہے وہ آزاد ہے۔"

مسعود کا چہرہ خوشی سے تمتما اٹھا اس نے کہا۔ "ہم سردار کا اقبال بلند کرتے ہیں اس کی کشادہ دلی کی تعریف کرتے ہیں اور اس کی اجازت سے یہیں رہنے کا فیصلہ کرتے ہیں۔ "

محفل برخواست ہو گئی۔ مسعود نے اپنا جاسوس شرجیل کی خدمت میں اس پیغام کے ساتھ روانہ کر دیا کہ سعد اور سعید علاقہ چھوڑنے پر رضامند ہو گئے ہیں اور ہم آپ کا خیر مقدم کرنے کے لیے بے تاب ہیں۔"

ادھر وادی فردوس میں قبیلہ کے لوگ جمع تھے ان کا سردار سعد نہایت دل سوزی کے ساتھ ان سے مخاطب تھا وہ کہہ رہا تھا۔ "فردوسیو یہ دنیا آزمائش کی جگہ اور زندگی آزمائش کا دوسرا نام ہے۔ زندگی اور آزمائش کے درمیان چولی دامن کا رشتہ ہے۔ اس سے پہلے ہم پر قحط پڑا وہ بھوک کی سخت آزمائش تھی۔ اگر ہمیں مٹ جانا ہوتا تو ہم اسی وقت مٹ جاتے لیکن مشیت نے اس امتحان سے گذرنے پر یہ جنت نما فردوس عطا کیا۔ اب پھر ایک بار ہم پر خوف کی آزمائش منڈلا رہی ہے۔ اگر اس بار بھی ہمیں اللہ بچانا چاہتا ہے تو کوئی مار نہیں سکتا اور اگر مارنا چاہتا ہے تو کوئی بچا نہیں سکتا۔ زندگی اور موت اللہ کے ہاتھ میں ہے۔ ہمارا کام صراط مستقیم پر گامزن رہنا ہے۔ اس راستے کی موت اس انحراف کی زندگی سے بہتر ہے اور انحراف کی زندگی اس موت سے بدتر۔ ہمیں انتخاب کرنا ہے ہدایت اور گمراہی کے بیچ نہ کہ زندگی اور موت کے درمیان۔ اس لیے مؤخر الذکر دونوں چیزیں ہمارے اختیار میں نہیں ہیں اور یہ بھی نہ بھولنا چاہیئے کہ زندگی فانی ہے اور موت تو آنی ہی ہے۔ میں شمال کی جانب جا رہا ہوں جن کو میرے پیچھے آنا ہے ضرور آئیں میں مڑ کر نہ دیکھوں گا کہ کون کون چھوٹ گیا اور جو چھوٹ گیا اس سے مجھے کوئی شکایت نہیں ہے۔

"

سعد شمال کی جانب چل پڑا اس کے پیچھے سعید تھا اس کے پیچھے عمرو چچا ان کے پیچھے شیبا تھی اور ان کے پیچھے جانبازوں کی طویل قطار تھی لیکن اسی کے ساتھ ساتھ مسعود کے ساتھ بیٹھ رہنے والے بھی کم نہ تھے۔

ہرکارے کو امید تھی کہ مسعود کا پیغام سن کر شرجیل خوش ہو گا اور اسے انعام اکرام سے نوازے گا لیکن ایسا نہیں ہوا۔ شرجیل نے چمک کر کہا۔ "یہ بتلاؤ کہ مسعود نے شیبا کے بارے میں کیا کہا؟"

ہرکارہ خاموش تھا۔ شرجیل خاموشی کا مطلب سمجھ گیا۔ غصہ سے اس نے تلوار اٹھائی اور اسے ہمیشہ کے لیے خاموش کر دیا۔ خون کا فوارہ ایک لمحہ کے لیے اُڑا اور پھر پھیل گیا۔ ہرکارہ ٹھنڈا ہو چکا تھا لیکن شرجیل کا غصہ ٹھنڈا نہ ہوا۔ اس نے فوراً اپنا آدمی دوڑایا اس پیغام کے ساتھ کہ ہمیں لال قالین کا خیر مقدم نہیں چاہئے شیبا چاہئے۔ اسے روکو اور میرے حوالے کرو ورنہ ہم فردوس کی سرزمین کو خون سے لال کر دیں گے۔ لیکن ہرکارے کو پہنچنے میں کافی تاخیر ہو چکی تھی۔ سعد کا قافلہ اس کے تمام جانبازوں کے ساتھ آنکھوں سے اوجھل ہو چکا تھا۔

شرجیل جب اپنی فوج کے ساتھ فردوس میں داخل ہوا تو مسعود نے اس کا خیر مقدم کیا لیکن شرجیل کو جیت کی ذرہ برابر خوشی نہ تھی اسے فردوس کے پہاڑوں اور جھیل میں کوئی دلچسپی نہ تھی۔ اس نے جسے حاصل کرنے کی خاطر تمام پاپڑ بیلے تھے وہ شیبا شمال کے پہاڑوں میں اس کے چین و سکون کے ساتھ کھو چکی تھی۔ اس نے اپنے کئی چھاپہ مار دستے ان پہاڑوں میں روانہ کیے لیکن کوئی بھی واپس نہ لوٹا۔ نہ جانے کیا بات تھی کہ جو بھی وہاں

جاتا وہیں کا ہو جاتا۔ اس لیے وہ وہاں جانے کا حوصلہ نہیں جٹا پا رہا تھا۔ شیبا اس کے لیے ایک ایسا ناسور بن گئی تھی کہ نہ وہ اس کا کسی سے ذکر کرتا اور نہ کوئی اور اس کا نام اپنی زبان پر لانے کی جرأت کرتا۔

ایک روز شام میں وہ اپنے خیمہ کے باہر بیٹھا ہوا تھا کہ دور آنے والے ایک گھوڑے کی ٹاپ اس کے کانوں سے ٹکرائی۔ اس کا دل تیزی سے دھڑکنے لگا۔ وہ کہہ رہا تھا کہ یہ گھڑ سوار شیبا کی خبر لایا ہے۔ گھڑ سوار نے قریب آکر اسے سلام کیا وہ اس کا یار اقلیم تھا۔ شرجیل فوراً کھڑا ہو گیا۔ اس نے آگے بڑھ کر اقلیم کو سینے سے لگا لیا۔ شمال کی پہاڑیوں سے زندہ لوٹنے والا یہ پہلا شخص تھا۔ شرجیل کی باچھیں کھل گئیں اس نے خیریت دریافت کی۔

اقلیم بولا۔ "کچھ نہ پوچھو میرے دوست وہ موت کی پہاڑیاں ہیں اور میں موت کے پنجہ سے نکل کر واپس آیا ہوں وہاں جو بھی جاتا ہے مارا جاتا ہے یا قید ہو جاتا ہے۔"

"تمہارا کیا ہوا؟"

"میں ان کی قید میں تھا۔"

"تو پھر کیسے نکل آئے؟"

"میں نکل کر نہیں آیا۔ ان کی قید سے کوئی نکل نہیں سکتا۔ انہوں نے خود مجھے چھوڑ دیا۔"

"چھوڑ دیا؟ کیوں چھوڑ دیا؟"

"دراصل انہوں نے پیغام رسانی کے لیے مجھے قریب لا کر چھوڑا۔"

"پیغام کیسا پیغام؟ کس کا پیغام اور کس کے لیے پیغام؟" شرجیل کا دل بلّیوں کی طرح اچھلنے لگا۔

اقلیم اس کی کیفیت دیکھ کر مسکرایا اور بولا۔ "پیغام تمہارے لیے اور پیغام شیبا کا ہے۔"

"شیبا کا پیغام میرے لیے۔ کیا پیغام ہے؟" شر جیل نے لڑکھڑاتی زبان سے پوچھا۔

"پیغام یہ ہے کہ شیبا کا نکاح سعد سے ہو گیا ہے۔ ان لوگوں نے اس نکاح میں جلدی نہیں کی بلکہ وقت مقررہ کا انتظار کیا اس لیے کہ کہیں تم یہ نہ سوچو کہ تم سے خوفزدہ ہو کر ایسا کیا گیا ہے۔"

شر جیل اس پیغام کو سن کر باؤلا ہو گیا۔ اس نے میان سے تلوار نکالی اور اقلیم کو موت کی آغوش میں پہنچا دیا۔ اقلیم جو یہ سمجھ رہا تھا کہ وہ موت کے چنگل سے نکل آیا ہے موت کو گلے لگا کر رو رہا تھا۔ اس لیے کہ یہ موت دشمن کے ہاتھوں نہیں دوست کے ہاتھوں ہاتھ آئی تھی۔

شر جیل اپنے دوست کی قبر پر بیٹھا شیبا کے غم میں آنسو بہا رہا تھا کہ اس کے ایک ساتھی نے آکر اس کے والد سر خیل کی موت کی خبر دی۔ یہ خبر اس پر بجلی بن کر گری۔ اس دوران اس حقیقت کو فراموش کر چکا تھا کہ اس کا باپ نہایت ضعیف ہو چکا اور بستر مرگ پر ہے۔ کسی بھی وقت وہ دارِ فانی سے کوچ کر سکتا ہے۔ اچانک باپ کی خبر سنتے ہی اسے خدشہ ہوا کہ اگر اس نے قبیلہ پہنچنے میں دیر لگا دی تو قبیلہ والے اس کے چھوٹے بھائی عقیل کو سردار بنا دیں گے اور اگر ایسا ہو گیا تو اسے سردار بننے کے لیے عقیل کی موت کا انتظار کرنا پڑے گا۔ عقیل عمر میں اس سے دس سال چھوٹا تھا اس لیے کہ شر جیل کے بعد تین بہنیں تھیں اور چوتھا عقیل۔ ایسے میں یہ ضروری نہ تھا کہ اس کے لیے زندگی بھر میں یہ موقع کبھی ہاتھ آتا۔ اس لیے وہ اپنے قریبی مصاحبوں کے ساتھ بلا تاخیر قحطان کی جانب روانہ ہو گیا۔ فردوسیوں کے باغی سردار مسعود کو اس نے اپنے ساتھ لے لیا تھا

تا کہ اس کے ذریعے سے اپنی تعریف و توصیف کروا کر اپنی پوزیشن مضبوط بنائے۔ ساری رات وہ گھوڑا دوڑاتا رہا۔ جب ایک تھک جاتا تو وہ دوسرے پر سوار ہو جاتا لیکن اس کے قریب تھکن کا نام و نشان نہ تھا۔ صبح تڑکے جب وہ قحطان پہنچا تدفین کی تیاری مکمل ہو چکی تھی۔ ہر کوئی اس کا منتظر تھا۔ عقیل آگے بڑھ کر اپنے بھائی سے لپٹ گیا اور بچّوں کی طرح بلک بلک کر رونے لگا۔ شرجیل نے بھائی کے سر پر ہاتھ پھیرا اسے دلاسہ دیا اور باپ کے آخری دیدار کے لئے چل پڑا۔ ادھر مؤذن نے نماز فجر کی اذان دی۔ لوگ نماز کی تیاری کرنے لگے۔ نماز فجر کے نماز جنازہ ہوئی اور تدفین ہو گئی۔

قبیلہ کی روایت کے مطابق آج شام کو نئے سردار کی تاجپوشی کا دن تھا۔ ہر بار یہ کام نہایت آسانی سے ہو جاتا۔ مرحوم سردار کا بڑا بیٹا سردار بن جاتا اور وہ اپنے چھوٹے بھائی کو اپنا ولی عہد بنا دیتا۔ قبیلہ کی روایت یہ بھی تھی کہ سردار جس بیٹے کے زانو پر دم توڑتا اُسے قبیلہ کا سردار بنایا جاتا۔ برسوں پہلے ایسا بھی ہوا تھا سردار نے بڑے بیٹے کے زانو پر نہیں بلکہ منجھلے کے زانو پر دم توڑا اور اسے سرداری پر فائز کر دیا گیا لیکن اکثر یہی ہوتا کہ سردار کی موت جانشین کی گود میں ہوتی اور کوئی تنازعہ کھڑا نہ ہوتا لیکن اس بار پھر ایسا ہوا تھا کہ سردار کی موت شرجیل کے بجائے عقیل کی گود میں ہوئی تھی اس لیے ایک روایت کے مطابق وہ سرداری کا اہل ٹھہرتا تھا۔

شام جب سب لوگ میدان قحطان میں جمع ہو گئے تو ہر ایک کے سامنے شرجیل کی واپسی کا منظر آ گیا۔ جب عقیل آگے بڑھ کر اپنے عہدہ سے سبکدوش ہو گیا اور شرجیل نے اسے عہدہ لوٹا دیا لیکن اس بار قبیلہ کے صاحب الرائے افراد نے عقیل کو سمجھایا کہ شرجیل کا سرداری پر فائز ہونا قبیلہ کے عظیم تر مصالح کے خلاف اس کی بے جا ضد نے پہلے ہی بہت نقصان پہنچایا ہے اس لیے وہ روایت کے مطابق اپنے حصہ میں آنے والی ذمہ

داری سے راہ فرار نہ اختیار کرے۔ عقیل کی عقل میں یہ بات بڑی آسانی سے آگئی اس لیے اس نے خاموشی اختیار کرلی۔ شام میں جب قبیلہ کی سب سے معمر شخصیت ہاشم مرزوقی اعلان کرنے کے لیے اٹھے اور کہنا شروع کیا۔

"قحطانی قبیلہ کی روایت۔۔۔" تو بیچ میں شرجیل کا حامی کفیل کھڑا ہو گیا اور اس نے کہا۔

"یہ غیر معمولی صورت حال ہے اس لیے اس معاملہ میں کسی حتمی فیصلہ پر پہنچنے سے پہلے میں چند حقائق آپ کے سامنے رکھنا چاہتا ہوں گو کہ سردار کا انتقال ان کے بڑے بیٹے شرجیل کے زانو پر نہیں ہوا لیکن ہمیں یہ نہ بھولنا چاہئے کہ شرجیل سردار کے حکم و اجازت سے ایک مہم پر تھا اس لیے اس کی غیر موجودگی کے باوجود بڑا بیٹا ہونے کی حیثیت سے سرداری کا حق اسی کو ہے۔"

مجمع میں خاموشی چھا گئی۔ ہاشم مرزوقی نے عقیل کی جانب دیکھا۔ عقیل اپنی جانب خاموش بیٹھا رہا لیکن اس کی جانب سے خلیل نے کھڑے ہو کر کہا۔ "کفیل کی یہ بات صحیح نہیں ہے۔ شرجیل کو مہم جوئی کا تجربہ تو ہے لیکن اس کی موجودگی میں بھی سرداری کی ذمہ داری عملاً عقیل ہی ادا کرتے رہے ہیں اور قبیلہ کے افراد عقیل کی کارکردگی سے خوش اور مطمئن ہیں اس لیے سرداری کے حقیقی مستحق عقیل ہی ہیں۔"

اب ایک مباحثہ کا آغاز ہو گیا۔ کفیل نے کہا۔ "آج کل ہم لوگ فردوسیوں سے برسرجنگ ہیں۔ جریان میں بھی حالات قابل اطمینان نہیں ہیں ایسے میں ہمیں مہم جو سردار کی ضرورت ہے جو ہماری عظمت و شان بحال کر سکے اور دشمنوں کے مقابلے ہمارا تحفظ کر سکے۔"

اس کے جواب میں خلیل نے کہا۔ "یہ تمام بحران خود ہمارے اپنے ہاتھوں کی کمائی

ہے اور اس کے لیے شرجیل خود ذمہ دار ہے ہمارے تعلقات نہ صرف فردوسیوں سے اچھے تھے بلکہ جریان والے بھی ہمارے ہمنوا تھے لیکن شرجیل نے اور خود قحطانیوں کو اس سرزمین پر غیر محفوظ کر دیا اور پھر وہ تحفظ کے نام پر اپنا دعویٰ پیش کر رہا ہے۔"

عوام دونوں فریقین کے دلائل سن رہے تھے ان کا حال یہ تھا کہ جس کی دلیل سنتے اسی سے اتفاق کر لیتے۔ اس لیے وہ ہر تقریر کے بعد اپنی رائے تبدیل کر دیتے تھے۔ بالآخر کفیل نے کہا۔ "خلیل ماضی کی بات کرتے ہیں۔ ایسا تھا اور ویسا تھا ہمیں حال کا سردار چاہئے جو مستقبل کو سنوار سکے ہم حال کی بات کرتے ہیں کہ ایسا ہے اور ان حالات میں شرجیل ہی ہماری رہنمائی کرنے کے اہل ہے۔"

ہاشم مرزوقی نے بحث کو سمیٹتے ہوئے آخری موقع عقیل کو دیا اس لیے کہ بات شروع کفیل سے ہوئی تھی۔ خلیل نے کہا۔ "آج کا گذرا ہوا کل گذرے ہوئے پرسوں کا مستقبل تھا اور حال گذرے ہوئے کل کا مستقبل ہے۔ ہمارے گذرے ہوئے کل یعنی پرسوں کے ماضی کو جس نے تباہ کیا اور کل کے مستقبل آج کو جس نے تاریک کیا ہم اس کے ہاتھوں میں آج اور اس مستقبل یعنی آنے والا کل نہیں کر سکتے۔ ایسا کرنا خودکشی ہے۔"

یہ کہہ کر خلیل بیٹھ گیا۔ سارا مجمع خاموش تھا۔ وہ فیصلہ نہیں کر پا رہے تھے کہ آخر ان کے مستقبل کو سنوارنے والا کون ہے اور بگاڑنے والا کون ہے؟ جب انہیں اپنا خیال آتا تو عقیل اچھا لگتا اور جب دشمن کا خیال آتا تو شرجیل۔ خوف کے جذبات خلیل کے دلائل کو مات دے رہے تھے لیکن پھر بھی دل کہتا تھا کہ عقیل اچھا آدمی ہے۔ ذہن سوال کرتا کہ اس کی اچھائی تمہاری حفاظت کر سکے گی؟ عوام شش و پنج میں تھے۔ ہاشم مرزوقی نے عوام سے رائے طلب کی انہوں نے کہا۔ "جو لوگ شرجیل کے حامی ہیں وہ اپنا

دایاں ہاتھ اٹھائیں اور جو عقیل کے حمایت کرتے ہیں وہ بایاں ہاتھ اٹھائیں۔" ان کی آواز صدا بصحرا ثابت ہوئی ایسا لگتا تھا پورا مجمع گونگا بہرہ ہو گیا ہے۔ اس کے حواس خمسہ نے کام کرنا بند کر دیا ہو بلکہ وہ حواس باختہ ہو گیا ہو۔ میدان قحطان پر قبرستان کا سا سناٹا تھا کہ اچانک گھوڑوں کی ٹاپ سنائی دینے لگی یہ شرجیل کی فوجیں تھیں جو واپس آرہی تھیں لیکن شرجیل کے حواریوں نے افواہ پھیلا دی۔ فردوسی فوج ہم پر چڑھائی کے لیے آن پہنچی ہے جلدی سے فیصلہ کرو ورنہ دیر ہو جائے گی۔

جیسے ہی خبر پھیلی آہستہ آہستہ سے ایک داہنا ہاتھ آسمان کی جانب اٹھا پھر دوسرا اور پھر تیسرا۔ دیکھتے دیکھتے خوف و دہشت سے کانپتے ہوئے بے شمار ہاتھ آسمان کی جانب اٹھے ہوئے تھے۔ ہاشم مرزوقی نے شرجیل کی سرداری کا اعلان کیا۔ عقیل نے آگے بڑھ کر اسے سینہ سے لگا لیا اور گھوڑوں کی ٹاپ بند ہونے لگی۔ آہستہ آہستہ پھر ایک بار میدان میں خاموشی چھا گئی۔ شرجیل کی آنکھوں میں آنسو تھے کوئی نہیں جانتا تھا کہ یہ آنسو وصال سرداری کے ہیں یا شیبا کے غمِ فراق کے۔۔۔!

***

ہندی زبان سے ترجمہ شدہ ایک ناولٹ

جینا تو پڑے گا

مترجم : اعجاز عبید

بین الاقوامی ایڈیشن منظر عام پر آچکا ہے